U0133367

用文字照亮每个人的精神夜空

微信 | 微博 | 豆瓣　领读文化

漫说文化丛书

读书读书

陈平原 编

湖南人民出版社 · 长沙

● 如何收听《读书读书》全本有声书？

① 微信扫描左边的二维码关注"领读文化"公众号。

② 后台回复【读书读书】，即可获取兑换券。

③ 扫描兑换券二维码，免费兑换全本有声书。

● 去哪里查看已购买的有声书？

方法 ①

兑换成功后，收藏已购有声书专栏，

即可在微信收藏列表中找到已购有声书。

方法 ②

在"领读文化"公众号菜单栏点击"我的课程"，

即可找到已购有声书。

序

陈平原

　　据说，分专题编散文集我们是"始作俑者"，而且这一思路目前颇能为读者所接受，这才真叫"无心插柳柳成荫"。当初编这套丛书时，考虑的是我们自己的趣味，能否畅销是出版社的事，我们不管。并非故示清高或推卸责任，因为这对我们来说纯属"玩票"，不靠它赚名声，也不靠它发财。说来好玩，最初的设想只是希望有一套文章好读、装帧好看的小书，可以送朋友，也可以搁在书架上。如今书出得很多，可真叫人看一眼就喜欢，愿把它放在自己的书架上随时欣赏把玩的却极少。好文章难得，不敢说"野无遗贤"，也不敢说入选者皆字字珠玑，只能说我们选得相当认真，也大致体现了我们对20世纪中国散文的某些想法。"选家"之事，说难就难，说易就易，这点如鱼饮水，冷暖自知。

　　记得那是1988年春天，人民文学出版社约我编林语堂散文集。此前我写过几篇关于林氏的研究文章，编起来很容易，可就是没兴致。偶然说起我们对20世纪中国散文的看法，以及分专题编一套小书的设想，没想到出版社很欣赏。这样，1988年暑假，钱理群、黄子平和我三人，又重新合作。大热天闷在老钱那间十平方米的小屋里读书，先拟定体例，划分专题，再分头选文。读到出乎意料之外的好文章，当即"奇文共欣赏"；不过也淘汰了大批徒有虚名的"名作"。开始以为遍地黄金，捡不胜捡；可沙里淘金一番，才知道好文章实在并不多，每个专题才选了那么几万字，根本不够原定的字数。开学以后又泡图书馆，又翻旧期刊，到1989年春天才初步编好。接着就是撰写各书的前言，不想随意敷衍几句，希望能体现我们的趣味和追求，而这又是颇费斟酌的事。一开始是"玩票"，越做越认真，变成撰写20世纪中国散文史的准备工作。只是因为突然的变故，这套小书的诞生小有周折。

对于我们三人来说，这迟到的礼物，最大的意义是纪念当初那愉快的学术对话。就为了编这几本小书，居然"大动干戈"，脸红耳赤了好几回，实在不够洒脱。现在回想起来，确实有点好笑。总有人问，你们三个弄了大半天，就编了这几本小书，值得吗？我也说不清。似乎做学问有时也得讲兴致，不能老是计算"成本"和"利润"。唯一有点遗憾的是，书出得不如以前想象的那么好看。

这套小书最表面的特征是选文广泛和突出文化意味，而其根本则是我们对"散文"的独特理解。从章太炎、梁启超一直选到汪曾祺、贾平凹，这自然是与我们提出的"20世纪中国文学"的概念密切相关。之所以选入部分清末民初半文半白甚至纯粹文言的文章，目的是借此凸现20世纪中国散文与传统散文的联系。鲁迅说五四文学发展中"散文小品的成功，几乎在小说戏曲和诗歌之上"（《小品文的危机》），原因大概是散文小品稳中求变，守旧出新，更得到传统文学的滋养。周作人突出明末公安派文学与新文学的精神联系（《杂拌儿·跋》和《中国新文学的源流》），反对将五四文学视为对欧美文学的移植，这点很有见地。但如以散文为例，单讲输入的速写（Sketch）、随笔（Essay）和"阜利通"（Feuilleton）固然不够，再搭上明末小品的影响也还不够；魏晋的清谈、唐末的杂文、宋人的语录，还有唐宋八大家乃至"桐城谬种""选学妖孽"，都曾在本世纪的中国散文中产生过遥远而深沉的回音。

面对这一古老而又生机勃勃的文体，学者们似乎有点手足无措。五四时输出"美文"的概念，目的是想证明用白话文也能写出好文章。可"美文"概念很容易被理解为只能写景和抒情；虽然由于鲁迅杂文的成就，政治批评和文学批评的短文，也被划入散文的范围，却总归不是嫡系。世人心目中的散文，似乎只能是风花雪月加上悲欢离合，还有一连串莫名其妙的比喻和形容词，甜得发腻，或者借用徐志摩的话，"浓得化不开"。至于学者式重知识重趣味的疏淡的闲话，有点苦涩，有点清幽，虽不大容易为入世未深的青年所欣赏，却更得中国古代散文的神韵。不只是逃避过分华丽的辞藻，也不只是落笔时的自然大方，这种雅致与潇洒，更多的是一种心态，一种学养，一种无以名之但确能体会到的"文化味"。比起小说、诗歌、戏剧来，散文更讲浑然天成，更难造假与敷衍，更依赖于作者的才情、悟性与意趣——因其"技术性"不强，很容易写，但很难写好，这是一种"看似容易成却难"的文体。

选择一批有文化意味而又妙趣横生的散文分专题汇编成册，一方面是让读者体会到"文化"不仅凝聚在高文典册上，而且渗透在日常生活中，落实为你所熟悉的一种情感，一种心态，一种习俗，一种生活方式；另一方面则是希望借此改变世人对散文的偏见。让读者自己品味这些很少"写景"也不怎么"抒情"的"闲话"，远比给出一个我们认为准确的"散文"定义更有价值。

当然，这只是对20世纪中国散文的一种读法，完全可以有另外的眼光另外的读法。在很多场合，沉默本身比开口更有力量，空白也比文字更能说明问题。细心的读者不难发现我们淘汰了不少名家名作，这可能会引起不少人的好奇和愤怒。无意故作惊人之语，只不过是忠实于自己的眼光和趣味，再加上"漫说文化"这一特殊视角。不敢保证好文章都能入选,只是入选者必须是好文章,因为这毕竟不是以艺术成就高低为唯一取舍标准的散文选。希望读者能接受这有个性、有锋芒,因而也就可能有偏见的"漫说文化"。

1992年9月8日于北大

附记

陈平原

　　旧书重刊，是大好事，起码证明自己当初的努力不算太失败。十五年后翩然归来，依照惯例，总该有点交代。可这"新版序言"，起了好几回头，全都落荒而逃。原因是，写来写去，总摆脱不了十二年前那则旧文的影子。

　　因为突然的变故，这套书的出版略有耽搁——前五本刊行于1990年，后五本两年后方才面世。以当年的情势，这套无关家国兴亡的"闲书"，没有胎死腹中，已属万幸。更让我们感到欣慰的是，这十册小书出版后，竟大获好评，获得首届（1992）新闻出版署直属出版社优秀图书奖选题一等奖。我还因此应邀撰写了这则刊登在1992年11月18日《北京日报》上的《漫说"漫说文化"》。此文日后收入湖南教育出版社版《漫说文化》（1997）和北京大学出版社版《二十世纪中国文学三人谈·漫说文化》（2004），流传甚广。与其翻来覆去，车轱辘般说那么几句老话，还不如老老实实地引入这则旧文，再略加补正。

丛书出版后，记得有若干书评，多在叫好的同时，借题发挥。这其实是好事，编者虽自有主张，但文章俱在，读者尽可自由驰骋。一套书，能引起大家的阅读兴趣，让其体悟到"另一种散文"的魅力，或者关注"日常"与"细节"，落实"生活的艺术"，作为编者，我们于愿足矣。

这其中，唯一让我们很不高兴的是，香港勤+缘出版社从人民文学出版社购得该丛书版权，然后大加删改，弄得面目全非，惨不忍睹。刚出了一册《男男女女》，就被我们坚决制止了。说来好笑，虽然只是编的书，也都像对待自家孩子一样，不希望被人肆意糟蹋。

也正因此，每当有出版社表示希望重刊这套丛书时，我们的要求很简单：保持原貌。因为，这代表了我们那个时候的眼光与趣味，从一个侧面凸现了神采飞扬的80年代，其优长与局限具有某种"史"的意义。很感谢复旦大学出版社，除了体谅我们维护原书完整性的苦心，还答应帮助解除人民文学出版社版印刷不够精美的遗憾。

2005年4月13日于京西圆明园花园

再记

陈平原

　　转眼间，十三年过去了。眼看复旦大学出版社版"漫说文化"丛书售罄，"领读文化"的康君再三怂恿，希望重刊这套很有意义的小书。

　　只要版权问题能解决，让旧书重新焕发青春，何乐而不为？更何况，康君建议请专业人士朗读录音，转化为二维码，随书付印，方便通勤路上或厨房里忙碌的诸君随时倾听。

　　某种意义上，科技正在改变国人的阅读习惯，一个明显的例子，便是"听书"成了时尚。对于传统中国文人来说，这或许是一种新的挑战。可对于现代中国散文来说，却是歪打正着。因为，无论是胡适的"国语的文学，文学的国语"，还是周作人的"有雅致的白话文"，抑或叶圣陶的主张"作文"如"写话"，都是强调文字与声音的紧密联系。

　　不仅看起来满纸繁花，意蕴宏深，而且既"上口"，又"入耳"，兼及声调和神气，这样的好文章，在"漫说文化"丛书中比比皆是。

如此说来，"旧酒"与"新瓶"之间的碰撞与对话，很可能产生绝妙的奇幻效果。

2018年3月21日于京西圆明园花园

导读

陈平原

    读书、买书、藏书，这无疑是古今中外读书人共有的雅事，非独二十世纪中国知识分子为然。只是在常常放不下一张平静的书桌的年代里，还有那么一些不改积习的读书人，自己读书还不够，还舞文弄墨谈读书，此也足证"江山易改，本性难移"。大概也正因为这近百年的风风雨雨，使得谈读书的文章多少沾染一点人间烟火味，远不止于考版本训字义。于是，清雅之外，又增了一层苦涩，更为耐人品味。可是，时势的过于紧逼，又诱使好多作家热心于撇开书本直接表达政治见解，用意不可谓不佳，文章则难免逊色。当然，这里谈的是关于读书的文章；政论自有其另外的价值。不想标举什么"雅驯"或"韵味"，只是要求入选的文章起码谈出了一点读书的情趣。

既然识得几个字，就不免翻弄翻弄书本，这也是人之常情，说不上雅不雅。可自从读书成为一种职业准备，成为一种出仕的手段，读书人的"韵事"一转而为十足的"俗务"。千百年来，"头悬梁，锥刺股"的苦读，居然成了读书人的正道；至于凭兴趣读书这一天经地义的读书方式反倒成了歪门邪道——起码是误人子弟。于是造出一代代拿书本当敲门砖而全然不懂"读书"的凡夫俗子，读书人的形象自然也就只能是一脸苦相、呆相、穷酸相。

殊不知"读书"乃人生一大乐趣，用林语堂的话来说，就是"天下读书成名的人皆以读书为乐"（《论读书》），能不能品味到读书之乐，是读书是否入门的标志。不少人枉读了一辈子书仍不入其门，就因为他是"苦读"，只读出书本的"苦味"——"书中自有黄金屋，书中自有颜如玉"的读书理想就是典型的例证。必须靠"黄金屋""颜如玉"来证明读书的价值，就好像小孩子喝完药后父母必须赏几颗糖一样，只能证明喝药（读书）本身的确是苦差事。所谓"读书的艺术"，首先得把"苦差"变成"美差"。

据说，"真正的读书"是"兴味到时，拿起书本来就读"（《读书的艺术》）。林语堂教人怎么读书，老舍则教人读什么书："不懂的放下，使我糊涂的放下，没趣味的放下，不客气"（《读书》)。其实，说是一点不读"没兴味"的书，那是骗人的；起码那样你就无法知道什么书是"有兴味"的。况且，每个人总还有些书确实是非读不可的。鲁迅就曾区分两种读书方法：一种是"看非看不可的书籍"，那必须费神费力；另一种是"消闲的读书——随便翻翻"(《随便翻翻》)。前者目的在求知，不免正襟危坐；后者意在消遣，自然更可体味到读书的乐趣。至于获益，则实在难分轩轾。对于过分严肃的中国读书界来说，提倡一点凭兴趣读书或者意在消闲的"随便翻翻"，或许不无裨益。

这种读书方法当然应付不了考试；可读书难道就为了应付那无穷无尽的考试？人生在世，不免考场上抖抖威风，先是被考后是考人，"考而不死是为神"；可那与读书虽不能说了无关系，却也实在关系不大。善读书者与善考试者很难画等号。老舍称"考试制度是一切制度里最好的，它能把人支使得不像人了，而把脑子严格的分成若干小块块。一块装历史，一块装化学，一块……"(《考而不死是为神》)。如果说中小学教育借助考试为动力与指挥棒还略有点道理的话，那么大学教育则应根本拒绝这种读书的指挥棒。林语堂除主张"找到思想相近之作家，找到文学上之情人"作为读书向导外(《论读书》)，还对现代中国流行的以考试为轴心的大学教育制度表示极大的愤慨，以为理想的大学教育应是"熏陶"，借用李格(Stephen Leacock)的话："如果他有超凡的才调，他的导师对他特别注意，就向他一直冒烟，冒到他的天才出火。"(《吸烟与教育》)如今戒烟成风，不知牛津教授还向门生喷烟否？不过，"与君一夕话，胜读十年书"与"头悬梁，锥刺股"，的确是两种截然不同的读书境界。前者虽也讲"求知"，却仍不忘兴致，这才是"读书"之精髓。

俗云："两耳不闻窗外事，一心只读圣贤书。"其实，要想读懂读通"圣贤书"，恰恰必须关心"窗外事"。不是放下书本只问"窗外事"，而是从书里读到书外，或者借书外解读书里、"翻开故纸，与活人对照，死书就变成活书"（《闭户读书论》）。识得了字，不一定就读得好书。读死书，读书死，不是现代读书人应有的胸襟。"风声雨声读书声，声声入耳；家事国事天下事，事事关心"——这也算是中国读书人的真实写照。并非都如东林党人那样直接介入政治斗争，但关心时世洞察人心，却是将死书变成活书、将苦读变成人生一大乐趣的关键。

其实，即使你无心于时世，时代风尚照样会影响你读书的口味。这里选择的几篇不同时代谈线装书（古书）之是否可读、如何读的文章，即是明证。五四时代之谈论如何不读或少读古书，与八十年代之主张从小诵读主要的古代经典，都是面对自己时代的课题。

·二

读书是一件乐事，正因为其乐无穷，才引得一代代读书人如痴如醉。此等如痴如醉的读书人，古时谓之"书痴"，是个雅称；如今则改为"书呆子"，不无鄙夷的意思。书呆子"喜欢读书做文章，而不肯牺牲了自己的兴趣，和自己认为有意义的事业，去博取安富尊荣"（《书呆子》），这在商品经济日益发达的现代社会里，实在是不合时宜。可"书呆子自有其乐趣，也许还可以说是其乐无穷"（同上）。镇日价哭丧着脸的"书呆子"必是冒牌货。在那"大学教授的收入不如一个理发匠"的抗日战争中，王力称"这年头儿的书呆子加倍难做"。这话移赠今天各式真真假假的书呆子们，是再合适不过的了。但愿尽管时势艰难，那维系中国文化的书呆子们不会绝种。

书呆子之手不释卷，并非为了装门面，尤其是在知识贬值的年头，更无门面可装。"他是将书当作了友人，将读书当作了和朋友谈话一样的一件乐事"（《书痴》）。在《书斋趣味》中，叶灵凤描绘了颇为令读书人神往的一幕：

> 在这冬季的深夜，放下了窗帘，封了炉火，在沉静的灯光下，靠在椅上翻着白天买来的新书的心情，我是在寂寞的人生旅途上为自己搜寻着新的伴侣。

大概每个真正的读书人都有与此大致相近的心境和感悟。宋代诗人尤袤流传千古的藏书名言"饥读之以当肉，寒读之以当裘，孤寂而读之以当友朋，幽忧而读之以当金石琴瑟也"，说的也是这个意思。这才能解释为什么古今中外有那么多绝顶聪明的脑袋瓜放着大把的钱不去赚，反而"虽九死其犹未悔"地买书、藏书、读书。

几乎每个喜欢读书的书呆子都连带喜欢"书本"这种"东西"，这大概是爱屋及乌吧？反正不只出于求知欲望，更多的带有一种审美的眼光。这就难怪读书人在字迹清楚、正确无误之外，还要讲求版本、版式设计乃至装帧和插图。至于在藏书上盖上藏书印或贴上藏书票，更是主要出于赏心悦目这一审美的需要。正是这无关紧要的小小点缀，明白无误地说明读书确实应该是一种高级的精神享受，而不是苦不堪言的"劳作"。

更能说明读书的娱乐性质的是读书人买书、藏书这一"癖好"。真正的读书人没有幻想靠藏书发财的，换句话说，读书人逛书店是一种百分之百的赔本生意。花钱买罪受，谁愿意？要不是在书店的巡礼中，在书籍的摩挲中能得到一种特殊的精神愉悦，单是求知欲还不能促使藏书家如此花大血本收书藏书——特别是在有图书馆可供利用的现代社会。就好像集邮一样，硬要说从中得到多大的教益实在有点勉强，只不过使得乐于此道者感觉生活充实精神愉悦就是了。而这难道还不够？让一个读书人梦中都"无视一切，直奔那卖书的地方"（《书的梦》），可见逛书店的魅力。郑振铎的感觉是真实的："喜欢得弗得了"（《〈西谛书话〉序》）。正因为这种"喜欢"没有掺杂多少功利打算，纯粹出于兴趣，方见真性情，也才真正当得起一个"雅"字。

平日里这不过是一种文人的闲情逸致，可在炮火连天的战争年代，为保存古今典籍而置个人生死于度外，此时此地的收书藏书可就颇有壮烈的味道。郑振铎称："夫保存国家征献，民族文化，其苦辛固未足埒攻坚陷阵，舍生卫国之男儿，然以余之孤军与诸贾竞，得此千百种书，诚亦艰苦备尝矣。"(《〈劫中得书记〉序》)藏书极难而散书极易，所谓"书籍之厄"，兵火居其首。千百年来，幸有一代代爱书如命的"书呆子"为保存、流传中华文化典籍而呕心沥血。此中的辛酸苦辣，读郑氏的《劫中得书记》前后两篇序言可略见一斑。至于《访笺杂记》和《姑苏访书记》二文，虽为平常访书记，并无惊心动魄之举，却因文字清丽，叙述颇有情趣，正好与前两文的文气急促与带有火药味相映成趣。甚至，因其更多涉及版刻的知识以及书籍的流变而更有可读性。

当然，不能忽略读书还有接受教益的一面，像黄永玉那样"在颠沛的生活中一直靠书本支持信念"(《书和回忆》)的，实在不可胜数。可从这个角度切入的文章本书选得很少，原因是一涉及"书和人"这样的题目，重心很自然就滑向"人"，而"书"则成了起兴的"关关雎鸠"。再说，此类文章不大好写，大概因为这种经验太普遍了，谁都能说上几句，反而难见出奇制胜者。

· 三

最后一辑六篇文情并茂的散文，分别介绍了国内外四个大城市的书店：日本的东京、英国的伦敦、中国的北京和上海。各篇文章叙述的角度不大一样，可主要的着眼点却出奇地一致，那就是突出书店与文化人的精神联系。书店当然是商业活动的场所，老板当然也以赢利为主要目的；可经营书籍毕竟不同于经营其他商品，它同时也是一种传播文化的准精神活动。这就难怪好的书店老板，于"生意经"外，还加上一点"文化味"。正是这一点，使得读书人与书店的关系，并非一般的买卖关系，更有休戚相关、一损俱损一荣俱荣的味道。书业的景气与不景气，不只关涉到书店的生意，更从一个特定的角度折射出当代读书人的心态与价值追求。书业的凋零，"不胜感伤之至"的不只是书店的掌柜，更包括常跑书店的读书人，因其同时显示出文化衰落的迹象（《城隍庙的书市》）。

以书商而兼学者的固然有，但不是很多；书店的文化味道主要来源于对读书人的尊重，以及由此而千方百计为读书人的读书活动提供便利。周作人称赞东京丸善株式会社"这种不大监视客人的态度是一种愉快的事"，而对那些"把客人一半当作小偷一半当作肥猪看"的书店则颇多讥讽之辞（《东京的书店》）。相比之下，黄裳笔下旧日琉璃厂的书铺更令人神往：

过去人们到琉璃厂的书铺里来，可以自由地坐下来与掌柜的谈天，一坐半日，一本书不买也不要紧。掌柜的是商人也是朋友，有些还是知识渊博的版本目录学家。他们是出色的知识信息传播者与咨询人，能提供有价值的线索、踪迹和学术研究动向，自然终极目的还是做生意，但这并非唯一的内容。至少应该说他们做生意的手段灵活多样，又是富于文化气息的。(《琉璃厂》)

而朱自清介绍的伦敦的书店，不单有不时举办艺术展览以扩大影响者，甚至有组织读诗会，影响一时的文学风气的诗人办的"诗籍铺"(《三家书店》)。书店而成为文学活动或人文科学研究的组织者，这谈何容易！不过，办得好的书店，确实可以在整个社会的文化建设中发挥积极作用。

而对于读书人来说，有机会常逛此等格调高雅而气氛轻松融洽的书店，自是一大乐事，其收益甚至不下于钻图书馆。这就难怪周作人怀念东京的"丸善"、阿英怀念上海城隍庙的旧书摊、黄裳怀念北京琉璃厂众多的书铺。可是，读书人哪个没有几个值得深深怀念的书铺、书店？只是不见得如琉璃厂之知名，因而也就较少形诸笔墨罢了。

1989年1月15日于北大畅春园

目　录

序 | 陈平原   ·I

附记 | 陈平原   ·I

再记 | 陈平原   ·I

导读 | 陈平原   ·I

随便翻翻 | 鲁　迅   ·001

闭户读书论 | 周作人   ·004

入厕读书 | 周作人   ·008

古书可读否的问题 | 周作人   ·013

再论线装书 | 陈　源   ·015

读书的艺术 | 林语堂   ·021

论读书 | 林语堂 · 030

吸烟与教育 | 林语堂 · 040

考而不死是为神 | 老 舍 · 042

读书 | 老 舍 · 044

读书 | 叶圣陶 · 048

重读之书 | 叶灵凤 · 051

读书界的风尚 | 冯 至 · 053

事事关心 | 马南邨 · 058

与友人论学习古文 | 孙 犁 · 062

"书读完了" | 金克木 · 069

谈读书和"格式塔" | 金克木 · 079

书呆子 —— 瓮牖剩墨之二 | 王 力 · 084

战时的书 —— 瓮牖剩墨之四 | 王 力 · 090

书痴 | 叶灵凤 · 096

书斋趣味 | 叶灵凤 · 099

书痴 | 黄 裳 · 101

我之于书 | 夏丏尊 · 107

版本小言 | 阿 英 · 109

论书生的酸气 | 朱自清 · 114

藏书印 | 唐 弢 · 125

藏书票 | 唐 弢 · 128

书和回忆 | 黄永玉 · 131

读书诸相 | 许国璋 · 136

旧书铺 | 茅 盾 · 141

旧书店 | 叶灵凤 · 146

卖书 | 郭沫若 · 148

买书 | 朱自清 · 152

恨书 | 宗 璞 · 156

《西谛书话》序 | 叶圣陶 · 160

访笺杂记 | 郑振铎 · 163

售书记 | 郑振铎 · 172

《劫中得书记》序 | 郑振铎 · 177

《劫中得书记》新序 | 郑振铎 · 182

书的梦 | 孙 犁 · 187

我的二十四史 | 孙　犁　　　　　·195

姑苏访书记 | 黄　裳　　　　　·198

东京的书店 | 周作人　　　　　·204

三家书店 | 朱自清　　　　　·211

书林即事 | 唐　弢　　　　　·221

琉璃厂 | 黄　裳　　　　　·227

城隍庙的书市 | 阿　英　　　　　·236

西门买书记——城隍庙的书市续篇 | 阿　英　·247

随便翻翻

鲁　迅

　　我想讲一点我的当作消闲的读书——随便翻翻。但如果弄得不好，会受害也说不定的。

　　我最初去读书的地方是私塾，第一本读的是《鉴略》，桌上除了这一本书和习字的描红格，对字（这是做诗的准备）的课本之外，不许有别的书。但后来竟也慢慢的认识字了，一认识字，对于书就发生了兴趣，家里原有两三箱破烂书，于是翻来翻去，大目的是找图画看，后来也看看文字。这样就成了习惯，书在手头，不管它是什么，总要拿来翻一下，或者看一遍序目，或者读几叶内容，到得现在，还是如此，不用心，不费力，往往在作文或看非看不可的书籍之后，觉得疲劳的时候，也拿这玩意来作消遣了，而且它也的确能够恢复疲劳。

　　倘要骗人，这方法很可以冒充博雅。现在有一些老实人，和我闲谈之后，常说我书是看得很多的，略谈一下，我也的确好像书看得很多，殊不知就为了常常随手翻翻的缘故，却并没有本本细看。还有一种很容易到手的秘本，是《四库书目提要》，倘还怕繁，那么，《简明目录》也可以，这可要细看，它能做成你好像看过许多书。不过我也曾用过正经工夫，如什么"国学"之类，请过先生指教，留心过学者所开的参考书目。结果都不满意。有些书目开得太多，要十来年才能看完，我还疑心他自己就没有看；只开几部的较好，可是这须看这位开书目的先生了，如果他是一位胡涂虫，那么，开出来的几部一定也是极顶胡涂书，不看还好，一看就胡涂。

我并不是说，天下没有指导后学看书的先生，有是有的，不过很难得。

这里只说我消闲的看书——有些正经人是反对的，以为这么一来，就"杂"！"杂"，现在又算是很坏的形容词。但我以为也有好处。譬如我们看一家的陈年账簿，每天写着"豆付三文，青菜十文，鱼五十文，酱油一文"，就知先前这几个钱就可买一天的小菜，吃够一家；看一本旧历本，写着"不宜出行，不宜沐浴，不宜上梁"，就知道先前是有这么多的禁忌。看见了宋人笔记里的"食菜事魔"，明人笔记里的"十彪五虎"，就知道"哦呵，原来'古已有之'。"但看完一部书，都是些那时的名人轶事，某将军每餐要吃三十八碗饭，某先生体重一百七十五斤半；或是奇闻怪事，某村雷劈蜈蚣精，某妇产生人面蛇，毫无益处的也有。这时可得自己有主意了，知道这是帮闲文士所做的书。凡帮闲，他能令人消闲消得最坏，他用的是最坏的方法。倘不小心，被他诱过去，那就坠入陷阱，后来满脑子是某将军的饭量，某先生的体重，蜈蚣精和人面蛇了。

讲扶乩的书，讲婊子的书，倘有机会遇见，不要皱起眉头，显示憎厌之状，也可以翻一翻；明知道和自己意见相反的书，已经过时的书，也用一样的办法。例如杨光先的《不得已》是清初的著作，但看起来，他的思想是活着的，现在意见和他相近的人们正多得很。这也有一点危险，也就是怕被它诱过去。治法是多翻，翻来翻去，一多翻，就有比较，比较是医治受骗的好方子。乡下人常常误认一种硫化铜为金矿，空口是和他说不明白的，或者他还会赶紧藏起来，疑心你要白骗他的宝贝。但如果遇到一点真的金矿，只要用手掂一掂轻重，他就死心塌地：明白了。

“随便翻翻”是用各种别的矿石来比的方法，很费事，没有用真的金矿来比的明白，简单。我看现在青年的常在问人该读什么书，就是要看一看真金，免得受硫化铜的欺骗。而且一识得真金，一面也就真的识得了硫化铜，一举两得了。

十一月二日

（节选自《鲁迅全集》第六卷，人民文学出版社，1981年版）

闭户读书论

周作人

　　自唯物论兴而人心大变。昔者世有所谓灵魂等物，大智固亦以轮回为苦，然在凡夫则未始不是一种慰安，风流士女可以续未了之缘，壮烈英雄则曰："二十年后又是一条好汉。"但是现在知道人的性命只有一条，一失足成千古恨，再回头已百年身，只有上联而无下联，岂不悲哉！固然，知道人生之不再，宗教的希求可以转变为社会运动，不求未来的永生，但求现世的善生，勇猛地冲上前去，造成恶活不如好死之精神，那也是可能的。然而在大多数凡夫却有点不同，他的结果不但不能砭顽起懦，恐怕反要使得懦夫有卧志了吧。

　　"此刻现在"，无论在相信唯物或是有鬼论者都是一个危险时期。除非你是在做官，你对于现时的中国一定会有好些不满或是不平。这些不满和不平积在你的心里，正如噎隔患者肚里的"痞块"一样，你如没有法子把它除掉，总有一天会断送你的性命。那么，有什么法子可以除掉这个痞块呢？我可以答说，没有好法子。假如激烈一点的人，且不要说动，单是乱叫乱嚷起来，想出出一口鸟气，那就容易有共党朋友的嫌疑，说不定会同逃兵之流一起去正了法。有鬼论者还不过白折了二十年光阴，只有一副性命的就大上其当了。忍耐着不说呢，恐怕也要变成忧郁病，倘若生在上海，迟早总跳进黄浦江里去，也不管公安局钉立的木牌说什么死得死不得。结局是一样，医好了烦闷就丢掉了性命，正如门板夹直了驼背。那么怎么办好呢？我看，苟全性命于乱世是第一要紧，所以最好是从头就不烦闷。不过这如不是圣贤，只有做官的才能够，如上文所述，所以平常下级人民是不能仿效的。其次是有了烦闷去用方法消遣。抽大烟，讨姨太太，赌钱，住温泉场等，都是一种消遣法，但是有些很要用钱，有些很要用力，寒士没有力量去做。我想了一天才算想到了一个方法，这就是"闭户读书"。

记得在没有多少年前曾经有过一句很行时的口号，叫作"读书不忘救国"。其实这是很不容易的。西儒有言，二鸟在林不如一鸟在手，追两兔者并失之。幸而近来"青运"已经停止，救国事业有人担当，昔日辘轳体的口号今成截上的小题，专门读书，此其时矣，闭户云者，聊以形容，言其专一耳，非真辟札则不把卷，二者有必然之因果也。

但是，敢问读什么呢？《经》，自然，这是圣人之典，非读不可的，而且听说三民主义之源盖出于《四书》，不特维礼教即为应考试计，亦在所必读之列，这是无可疑的了。但我所觉得重要的还是在于乙部，即是四库之史部。老实说，我虽不大有什么历史癖，却是很有点历史迷的。我始终相信《二十四史》是一部好书，他很诚恳地告诉我们过去曾如此，现在是如此，将来要如此。历史所告诉我们的在表面的确只是过去，但现在与将来也就在这里面了：正史好似人家祖先的神像，画得特别庄严点，从这上面却总还看得出子孙的面影，至于野史等更有意思，那是行乐图小照之流，更充足地保存真相，往往令观者拍案叫绝，叹遗传之神妙。正如獐头鼠目再生于十世之后一样，历史的人物亦常重现于当世的舞台，恍如夺舍重来，慑人心目，此可怖的悦乐为不知历史者所不能得者也。通历史的人如太乙真人目能见鬼，无论自称为什么，他都能知道这是谁的化身，在古卷上找得他的元形，自盘庚时代以降一一具在，其一再降凡之迹若示诸掌焉。浅学者流妄生分别，或以二十世纪，或以北伐成功，或以农军起事划分时期，以为从此是另一世界，将大有改变，与以前绝对不同，仿佛是旧人霎时死绝，新人自天落下，自地涌出，或从空桑中跳出来，完全是两种生物的样子：此正是不学之过也。宜趁现在不甚适宜于说话做事的时候，关起门来努力读书，翻开故纸，与活人对照，死书就变成活书，可以得道，可以养生，岂不懿欤？——喔，我这些话真说得太抽象而不得要领了。但是，具体的又如何说呢？我又还缺少学问，论理还应少说闲话，多读经史才对，现在赶紧打住吧。

一九二八年十一月吉日

（选自《周作人早期散文选》，上海文艺出版社，1984年版）

入厕读书

周作人

郝懿行著《晒书堂笔录》卷四有《入厕读书》一条云：

"旧传有妇人笃奉佛经，虽入厕时亦讽诵不辍，后得善果而竟卒于厕，传以为戒，虽出释氏教人之言，未必可信，然亦足见污秽之区，非讽诵所宜也。《归田录》载钱思公言平生好读书，坐则读经史，卧则读小说，上厕则阅小词，谢希深亦言宋公垂每走厕必挟书以往，讽诵之声琅然闻于远近。余读而笑之，入厕脱裤，手又携卷，非惟太亵，亦苦甚忙，人即笃学，何至乃尔耶。至欧公谓希深言平生所作文章多在三上，乃马上枕上厕上也，盖惟此尤可以属思尔，此语却妙，妙在亲切不浮也。"郝君的文章写得很有意思，但是我稍有异议，因为我是颇赞成厕上看书的。小时候听祖父说，北京的跟班有一句口诀云，老爷吃饭快，小的拉矢快，跟班的话里含有一种讨便宜的意思，恐怕也是事实。一个人上厕的时间本来难以一定，但总未必很短，而且这与吃饭不同，无论时间怎么短总觉得这是白费的，想方法要来利用他一下。如吾乡老百姓上茅坑时多顺便喝一筒旱烟，或者有人在河沿石磴下淘米洗衣，或有人挑担走过，又可以高声谈话，说这米几个铜钱一升或是到什么地方去。读书，这无非是喝旱烟的意思罢了。

话虽如此，有些地方原来也只好喝旱烟，于读书是不大相宜的。上文所说浙江某处一带沿河的茅坑，是其一。从前在南京曾经寄寓在一个湖南朋友的书店里，这位朋友姓刘，我从赵伯先那边认识了他，那年有乡试，他在花牌楼附近开了一家书店，我患病住在学堂里很不舒服，他就叫我住到他那里去，替我煮药煮粥，招呼考相公卖书，暗地还要运动革命，他的精神实在是很可佩服的。我睡在柜台里面书架子的背后，吃药喝粥都在那里，可是便所却在门外，要走出店门，走过一两家门面，一块空地的墙根的垃圾堆上。到那地方去我甚以为苦，这一半固然由于生病走不动，就是在康健时也总未必愿意去的，是其二。民国八年夏我到日本日向去访友，住在一个名叫木城的山村里，那里的便所虽然同普通一样上边有屋顶，周围有板壁门窗，但是它同住房离开有十来丈远，孤立田间，晚间要提了灯笼去，下雨还得撑伞，而那里雨又似乎特别多，我住了五天总有四天是下雨，是其三。末了是北京的那种茅厕，只有一个坑两垛砖头，雨淋风吹日晒全不管。去年往定州访伏园，那里的茅厕是琉球式的，人在岸上，猪在坑中，猪咕咕地叫，不习惯的人难免要害怕，哪有工夫看什么书，是其四。《语林》云，石崇厕有绛纱帐大床，茵蓐甚丽，两婢持锦香囊，这又是太阔气了，也不适宜。其实我的意思是很简单的，只要有屋顶，有墙有窗有门，晚上可以点灯，没有电灯就点白蜡烛亦可，离住房不妨有二三十步，虽然也要用雨伞，好在北方不大下雨。如有这样的厕所，那么上厕时随意带本书去读读我想倒还是吭啥的吧。

谷崎润一郎著《摄阳随笔》中有一篇《阴翳礼赞》，第二节说到日本建筑的厕所的好处。在京都奈良的寺院里，厕所都是旧式的，阴暗而扫除清洁，设在闻得到绿叶的气味青苔的气味的草木丛中，与住房隔离，有板廊相通。蹲在这阴暗光线之中，受着微明的纸障的反射，耽于瞑想，或望着窗外院中的景色，这种感觉真是说不出的好。他又说：

"我重复地说，这里须得有某种程度的阴暗，彻底的清洁，连蚊子的呻吟声也听得清楚地寂静，都是必须的条件。我很喜欢在这样的厕所里听萧萧地下着的雨声。特别在关东的厕所，靠着地板装有细长的扫出尘土的小窗，所以那从屋檐或树叶上滴下来的雨点，洗了石灯笼的脚，润了砧脚石上的苔，幽幽地沁到土里去的雨声，更能够近身地听到。实在这厕所是宜于虫声，宜于鸟声，亦复宜于月夜，要赏识四季随时的物情之最相适的地方，恐怕古来的俳人曾从此处得到过无数的题材吧。这样看来，那么说日本建筑之中最是造得风流的是厕所，也没有什么不可。"谷崎压根儿是个诗人，所以说得那么好，或者也就有点华饰，不过这也只是在文字上，意思却是不错的。日本在近古的战国时代前后，文化的保存与创造差不多全在五山的寺院里，这使得风气一变，如由工笔的院画转为水墨的枯木竹石，建筑自然也是如此，而茶室为之代表，厕之风流化正其余波也。

佛教徒似乎对于厕所向来很是讲究。偶读大小乘戒律，觉得印度先贤十分周密地注意于人生各方面，非常佩服，即以入厕一事而论，后汉译《大比丘三千威仪》下列举"至舍后者有二十五事"，宋译《萨婆多部毗尼摩得勒伽》六自"云何下风"至"云何筹草"凡十三条，唐义净著《南海寄归内法传》二有第十八"便利之事"一章，都有详细的规定，有的是很严肃而幽默，读了忍不住五体投地。我们又看《水浒传》鲁智深做过菜头之后还可以升为净头，可见中国寺里在古时候也还是注意此事的。但是，至少在现今这总是不然了，民国十年我在西山养过半年病，住在碧云寺的十方堂里，各处走到，不见略略像样的厕所，只如在《山中杂信》五所说：

"我的行踪近来已经推广到东边的水泉。这地方确是还好，我于每天清早没有游客的时候去徜徉一会，赏鉴那山水之美。只可惜不大干净，路上很多气味——因为陈列着许多《本草》上的所谓人中黄。我想中国真是一个奇妙的国，在那里人们不容易得着营养料，也没有方法处置他们的排泄物。"在这种情形之下，中国寺院有普通厕所已经是大好了，想去找可以瞑想或读书的地方如何可得。出家人那么拆烂污，难怪白衣矣。

但是假如有干净的厕所，上厕时看点书却还是可以的，想作文则可不必。书也无须分好经史子集，随便看看都成。我有一个常例，便是不拿善本或难懂的书去，虽然看文法书也是寻常。据我的经验，看随笔一类最好，顶不行的是小说。至于朗诵，我们现在不读八大家文，自然可以无须了。

十月

（选自《苦竹杂记》，岳麓书社，1987年版）

古书可读否的问题

周作人

我以为古书绝对的可读，只要读的人是"通"的。

我以为古书绝对的不可读，倘若是强迫的令读。

读思想的书如听讼，要读者去判分事理的曲直；读文艺的书如喝酒，要读者去辨别味道的清浊；这责任都在我不在它。人如没有这样判分事理辨别味道的力量，以致曲直颠倒清浊混淆，那么这毛病在他自己，便是他的智识趣味都有欠缺，还没有"通"（广义的，并不单指文字上的作法），不是书的不好：这样未通的人便是叫他去专看新书——列宁、马克思、斯妥布思、爱罗先珂……也要弄出毛病来的。我们第一要紧是把自己弄"通"，随后什么书都可以读，不但不会上它的当，还可以随处得到益处：古人云，"开卷有益"，良不我欺。

或以为古书是传统的结晶，一看就要入迷，正如某君反对淫书说"一见《金瓶梅》三字就要手淫"一样，所以非深闭固拒不可。诚然，旧书或者会引起旧念，有如淫书之引起淫念，但是把这个责任推给无知的书本，未免如蔼里斯所说"把自己客观化"了，因跌倒而打石头吧？恨古书之叫人守旧，与恨淫书之败坏风化，都是一样的原始思想。禁书，无论禁的是哪一种的什么书，总是最愚劣的办法，是小孩子，疯人，野蛮人所想的办法。

然而把人教"通"的教育，此刻在中国有么？大约大家都不敢说有。

据某君公表的通信里引《群强报》的一节新闻，说某地施行新学制，其法系废去伦理心理博物英语等科目，改读四书五经。某地去此不过一天的路程，不知怎的在北京的大报上都还不见记载，但"群强"是市民第一爱读的有信用的报，所说一定不会错的。那么，大家奉宪谕读古书的时候将到来了。然而，在这时候，我主张，大家正应该绝对地反对读古书了。

十四年四月

（选自《谈虎集》上卷，北新书局，1928年版）

再论线装书

陈　源

世界上还没有包治百病的万应丹。平常所谓良药，用了得法固然可以起沉疴，用了不得法也许可以杀死人。世上也没有绳之万古都相宜的真理。泰戈尔劝人少读书。他对于东方的文艺，虽然洞见症结，对准了毛病发药，可是说给现在的中国人听，实在如像煎了一剂催命汤。新中国诚然有许多地方用得着外国朋友的指导，可是不读书那一层是已经无须劝驾的了，虽然不读了书也不见得就与自然相接近。

自然是要亲近的，人生是要观察的，生活是要经验的，同时书也是要读的，虽然不一定要至少读破多少卷。许多的天才是不用读什么书的，可是更多的天才是博览群书的。许多的天才是没有经过学习时期的，可是更多的天才是化了多少年的心血才逐渐成熟的。况且天才向来是凤毛麟角般少见的，大多数以天才自负，或是被朋友以天才见许的人也许不过是野鸡毛鹿角之类吧？自从有书已经有二千多年，这二千几百年中不知有多少天才在艺术之园里培养了多少花草，在理智之塔上加了多少砖。谁能在艺术之园里去种一枝还不曾有过的花树，或是在理智之塔上砌上一块小石，已经尽了天才的能事。你不进园细细的赏鉴，或是不费力爬到塔顶，这希望是容易落空的。

书是要读的，可是不一定要读中国书。不但这样，努力于新文学的人，我认为，虽然不能如吴老先生所说，完全不读线装书，也得少读线装书，多读蟹行文。我不是说中国没有优美的文学。我们的祖宗实在曾经给我们无数的宝山。只恨子孙不争气，非但不能发扬光大他们的先业，却在宝山上压着层层的砂碛，弄得我们的文学成了一种矫揉造作的虚伪的文学，与自然没有一点关联，与人生更没有一点关联。近代的中国文学可以说是"讣闻式"的文学，因为讣闻很可以代表中国人表示情感或意见的方式。"不孝□□等罪孽深重，不自殒灭，祸延显考显妣"了，"孤哀子□□等泣血稽血稽颡"了，"苦块昏迷，语无伦次"了，甚而至于"所以不即死者，徒以有……"了，哪一句是真话？大家明明知道这是假话，可是大家还得用它，正因为大家觉得自古以来大家就这样用。在文艺里也是如此：你自己的情感，或是没有情感，是不要紧的，最重要的是古人对于这事怎样的情感。所以，最美妙的文章得"无一字无来历"！结果争事模拟，陈陈相因的牢不可破，再没有半点新鲜活泼的气象。

我们觉得一个人能说一句自己心腔中的话，胜于运用一百个巧妙的典故——不用说大多数的典故是粗笨无聊的了——一个人能写一段自己亲见的风物，胜于堆砌一千句别人的典丽妩媚的文章。文学家的天才正在他的感觉特别的灵敏，表现力特别的强，他能看到人所不能见，听到人所不能闻，感受到人所不能觉察，再活泼泼地写出来。同一风景，我们不能十分领略它的美，可是读了天才的作品，他好像给了我们一双新眼睛，我们对于那风景增加了欣赏。同一人事，我们也许漠然地看过了，经天才作家的赤裸裸的一描写，我们就油然生了同情心。所以世间伟大天才的作品，我们非但不能不读，还得浸润在里面。可是我们不是为了要模拟他们的作品，不是为了要抄袭他们的文章，只是为了要增高我们的了解力，扩充我们的同情心，使我们能够赞美自然的神秘，认识人生的正义。

也许有人要说了，这样说来，线装书不是不可读，只是读的人不得法。要是换了方法，线装书还不一样可读么？线装书本来不是不可读。就是吴老先生也不过“约三十年不读线装书”罢了。可是，第一，披沙寻金，应当是专门学者的工作，文艺作者没有那许多功夫，也不应当费许多功夫去钻求。第二，适之先生说过："人类的性情本来是趋易避难，朝着那最没有抵抗的方向走的。"古文的积弊既久，同化力非常的大，一受了它的毒，小言之，种种的烂调套语，大言之，种种的陈旧思想，就不免争向那最没有抵抗的地方挤过来。你一方面想创造新东西，一方面又时时刻刻地尽力排弃旧东西，当然非常的不经济。所以要是你想在文艺的园里开一条新路，辟一片新地，最简单的方法，是暂时避开那旧有的园地，省得做许多无聊的消极的工作。将来你的新路筑成之后，尽可以回头赏鉴那旧园里的风物。

书是要读的，并且得浸润在里面，只是那得是外国书。中国人的大错误，在"中学为体，西学为用"八个字。他们以为外国人胜过我们的就是在物质方面，不知道我们什么都不及别人。就是以文学来说，我们何尝胜过欧洲呢？就算中国与欧洲的文学各有它们不能比较的特点，欧洲文学也不能不作我们新文学的"因斯披里纯"。他们的文学，从希腊以来，虽然古典主义也常擅势力，特殊的精神还是在尊自由，重个性，描写自然，实现人生的里面。这当然是新的文学、活的文学当取的唯一的途径。中国的文学里虽然不是没有这样的精神，例如陶渊明、李太白，也窥探过自然的神秘，杜少陵、曹雪芹、吴敬梓，也搜索过人生的意义，可是他们在几乎不变的中国古典文学中，只是沙漠中的几个小小的绿洲罢了。

我们只要一读各国的文学史，就知道文学不是循序渐进不生不灭的东西。一个民族的文艺好像是火山，最初只见烟雾，渐渐的有了火焰，继而喷火飞石，熔质四溢，极宇宙之奇观，久而久之，火势渐杀，只见烟雾，再多少时烟消雾散，只留下已过的陈迹。有些火山过了多少年便一发，所以在两个发动期之间，静止不过是休息，有些却一发之后，不再发了。文学运动也是如此。由小而大，渐达澎湃扬厉的全盛时期，又由盛而衰，也许由衰而歇，如希腊文学一样，也许改弦更张，又达美境，这样盛衰往复，循环不已，如近代欧洲的文学。每一种运动，在崛起的时候，都有奋斗的精神、新鲜的朝气，一到了全盛之后，暮气渐渐加增，创造的精神既然消失，大家弃了根本去雕琢枝叶，舍了精神去模仿皮毛，甚而至于铺张的正是它的弊病，崇尚的正是它的流毒。在这时候，精神强健的民族，自然就有反动，它们或是回溯往古，如韩退之的"非秦汉以前之文不敢观"，或是饮别国的甘泉，去作革新运动，它们的方法虽然不同，对于已过的运动，大都不问良莠，排斥不遗余力，是一样的。复古的办法，虽然也可以一爽耳目，可是仍旧徘徊在古典文学范围之内，好像散种子在不毛之地，难望它开花结果。在别国的文学里去求"因斯披里纯"，结果却往往异常的丰美，犹之移植异方的花木，只要培养得法，往往可得色香与原来大异的美本。

中国的新文学运动，方在萌芽，可是稍有贡献的人，如胡适之、徐志摩、郭沫若、郁达夫、丁西林、周氏兄弟等等都是曾经研究过他国文学的人。尤其是志摩他非但在思想方面，就是在体制方面，他的诗及散文，都已经有一种中国文学里从来不曾有过的风格。这自然不过是开端，将来的收获如何，要看他们和其他作家努力的结果了。

可是很不幸的，提倡新文学的恰巧是胡适之先生，一个对于研究国故最有兴趣的人。国故是应当研究的，而且不比其余的科学不重要。顾颉刚先生在《北京大学研究所国学门周刊》第十三期里有一篇极好的文章，把这一层意思发挥得淋漓尽致，我觉得几乎没有一句话不同意。可是让顾先生胡先生去研究他们的国故好了，正如让其余的科学家研究他们的天文、地理、化学、物理等，好了。不幸的是胡先生是在民众心目中代表新文学运动的唯一的人物。他研究国故固然很好，其余的人也都抱了线装书咿呀起来，那就糟了。新文学运动的结果弄得北京的旧书长了几倍价——几年前百元可买的同文馆版《二十四史》现在得卖三百元——这是许多人常常引了来代新文学运动夸张的，可是这是我觉得最伤心的事。

（选自《西滢闲话》，新月书店，1928年版）

读书的艺术

林语堂

（此为十月二十六日为约翰大学讲稿。后得光华大学之邀，为时匆促，无以应之，即将此篇于十一月四日在光华重讲一次。）

诸位，兄弟今日重游旧地，以前学生生活苦乐酸甜的滋味，都一一涌上心头。不但诸位所享弦诵的快乐，我能了解，就是诸位有时所受教员的委屈磨折、注册部的挑剔为难，我也能表同情。兄弟今日仍在读书时期，所不同者，不怕教员的考试，无虑分数之高低，更无注册部来定我的及格不及格、升级不升级而已。现就个人所认为理想的方法，与诸位学友通常的读书方法比较研究一下。

余积二十年读书治学的经验，深知大半的学生对于读书一事，已经走入错路，失了读书的本意。读书本来是至乐之事，杜威说，读书是一种探险，如探新大陆，如征新土壤；佛兰西也已说过，读书是"魂灵的壮游"，随时可以发见名山巨川、古迹名胜、深林幽谷、奇花异卉。到了现在，读书已变成仅求幸免扣分数留班级一种苦役而已。而且读书本来是个人自由的事，与任何人不相干，现在你们读书，已经不是你们的私事，而处处要受一些不相干的人的干涉，如注册部及你们的父母妻室之类。有人手里拿一书本，心里想我将何以赡养父母、俯给妻子，这实在是一桩罪过。试想你们看《红楼梦》《水浒》《三国志》《镜花缘》，是否你们一己的私事，何尝受人的干涉，何尝想到何以赡养父母、俯给妻子的问题？但是学问之事，是与看《红楼梦》《水浒》相同，完全是个人享乐的一件事。你们若不能用看《红楼梦》《水浒》的方法去看《哲学史》《经济学大纲》，你们就是不懂得读书之乐，不配读书，失了读书之本意，而终读不成书。你们能真用看《红楼梦》《水浒》的方法去看哲学、史学、科学的书，读书才能"成名"。若用注册部的方法读书，你们最多成了一个"秀士""博士"，成了吴稚晖先生所谓"洋绅士""洋八股"。

我认为最理想的读书方法，最懂得读书之乐者，莫如中国第一女诗人李清照及其夫赵明诚。我们想象到他们夫妇典当衣服，买碑文水果，回来夫妻相对展玩咀嚼的情景，真使我们向往不已。你想他们两人一面剥水果，一面赏碑帖，或者一面品佳茗，一面校经籍，这是如何的清雅，如何得了读书的真味。

易安居士于《金石录后序》自叙他们夫妇的读书生活，有一段极逼真极活跃的写照，她说"余性偶强记，每饭罢坐归来堂，烹茶指堆积书史，言某事在某书某卷第几页第几行，以中否角胜负，为饮茶先后。中即举杯大笑，至茶倾覆怀中，反不得饮而起，甘心老是乡矣！故虽处忧患困穷，而志不屈，……收藏既富，于是几案罗列，枕席枕藉，意会心谋，目往神授，乐在声色狗马之上。……"你们能用李清照读书的方法来读书，能感到李清照读书的快乐，你们大概也就可以读书成名，可以感觉读书一事，比巴黎跳舞场的"声色"、逸园的赛"狗"、江湾的赛"马"有趣。不然，还是看逸园赛狗、江湾赛马比读书开心。

什么才叫作真正读书呢？这个问题很简单，一句话说，兴味到时，拿起书本来就读，这才叫作真正的读书，这才是不失读书之本意。这就是李清照的读书法。你们读书时，须放开心胸，仰视浮云，无酒且过，有烟更佳。现在课堂上读书连烟都不许你抽，这还能算为读书的正轨吗？或在暮春之夕，与你们的爱人，携手同行，共到野外读《离骚经》，或在风雪之夜，靠炉围坐，佳茗一壶，淡巴菰一盒，哲学、经济、诗文、史籍十数本狼藉横陈于沙发之上，然后随意所之，取而读之，这才得了读书的兴味。现在你们手里拿一书本，心里计算及格不及格，升级不升级，注册部对你态度如何，如何靠这书本骗一只较好的饭碗，娶一位较漂亮的老婆——这还能算为读书，还配称为"读书种子"吗？还不是沦为"读书谬种"吗？

有人说，如林先生这样读书方法，简单固然简单，但是读不懂如何，而且成效如何？须知世上决无看不懂的书，有之便是作者文笔艰涩，字句不通，不然便是读者的程度不合，见识未到。各人如能就兴味与程度相近的书选读，未有不可无师自通，或事偶有疑难，未能遽然了解，涉猎既久，自可融会贯通。试问诸位少时看《红楼梦》《水浒》何尝有人教，何尝翻字典，你们的侄儿少辈现在看《红楼梦》《西厢记》，又何尝需要你们去教？许多人今日中文很好，都是由看小说、《史记》得来的，而且都是背着师长，偷偷摸摸硬看下去，那些书中不懂的字、不懂的句，看惯了就自然明白。学问的书也是一样，常看下去，自然会明白，遇有专门名词，一次不懂，二次不懂，三次就懂了。只怕诸位不得读书之乐，没有耐心看下去。

所以我的假定是学生会看书，肯看书，现在教育制度是假定学生不会看书，不肯看书。说学生书看不懂，在小学时可以说，在中学还可以说，但是在聪明学生，已经是一种诬蔑了。至于已进大学还要说书看不懂，这真有点不好意思吧！大约一人的脸面要紧，年纪一大，即使不能自己喂饭，也得两手掰一只饭碗硬塞到口里去，似乎不便把你们的奶妈干娘一齐都带到学校来给你们喂饭，又不便把大学教授看做你们的奶妈干娘。

至于"成效"，我的方法可以包管比现在大学的方法强。现在大学教育的成效如何，大家是很明了的。一人从六岁一直读到二十六岁大学毕业，通共读过几本书？老实说，有限得很。普通大约总不会超过四五十本以上。这还不是跟以前的秀才举人相等？从前有一位中了举人，还没听见过《公羊传》的书名，传为笑话。现在大学毕业生就有许多近代名著未曾听过名字，即中国几种重要丛书也未曾见过。这是学堂的不是，假定你们不会看书，因此也不让你们有自由看书的机会。一天到晚，总是摇铃上课，摇铃吃饭，摇铃运动，摇铃睡觉。你想一人的精神是有限的，从八点上课一直到下午四五点，还要运动、拍球，哪里还有闲工夫自由看书呢？而且凡是摇铃，都是讨厌，即使摇铃游戏，我们也有不愿意之时，何况是摇铃上课？因为学堂假定你们不会读书，不肯读书，所以把你们关在课堂，请你们静坐，用"注射""灌输"的形式，由教员将知识注射入你们的脑壳里。无如常人头颅都是不透水的，所以知识注射普通不大成功。但是比如依我方法，假定你们是会看书，要看书，由被动式改为发动式的，给你们充分自由看书的机会，这个成效如何呢？间尝计算一下，假定上海光华、大夏或任何大学有一千名学生，每人每期交学费一百元，这一千名学费已经合共有十万元。将此十万元拿去买书，由学校预备一间空屋置备书架，扣了五千元做办公费（再多便是罪过），把这九万五千元的书籍放在那间空屋，由你们随便胡闹去翻看，年底拈阄分配，各人拿回去九十五元的书，只要所用的工夫与你们上课的时间相等，一年之中，你们学问的进步，必非一年上课的成绩所可比。现在这十万元用到哪里去，大概一成买书，而九成去养教授，及教授的妻子、教授的奶妈，奶妈又拿去买奶妈的马桶，这还可以说是把你们的"读书"看做一件正经事吗？

假定你们进了这十万元书籍的图书馆，依我的方法，随兴所之去看书，成效如何呢？有人要疑心，没有教员的指导，必定是不得要领，杂乱无章，涉猎不精，不求甚解。这自然是一种极端的假定，但是成绩还是比现在大学教育好。关于指导，自可编成指导书及种种书目。如此读了两年叫以抵过在大学上课四年。第一样，我们须知道读书的方法，一方面要几种精读，一方面也要尽量涉猎翻览。两年之中能大概把二十万元的书籍，随意翻览。知其书名作者内容大概，也就不愧为一读书人了。第二样，我们要明白，学问的事，决不是如此呆板。读书必求深入，而欲求深入，非由兴趣相近者入手不可。学问是每每互相关联的。一人找到一种有趣味的书，必定由一问题而引起其他问题，由看一本书而不得不去找关系的十几种书，如此循序渐进，自然可以升堂入室，研磨既久，门径自熟；或是发见问题，发明新义，更可触类旁通，广求博引，以证己说，如此一步一步地深入，自可成名。这是自动的读书方法。较之现在上课听讲被动的方法，如东风过耳，这里听一点，那里听一点，结果不得其门而入，一无所获，强似多多了。第三，我们要明白，大学教育的宗旨，对于毕业的期望，不过要他博览群籍而已（be a well-read man），并不是如课中所规定，一定非逻辑八十分，心理七十五分不可，也不是说心理看了一百八十三页讲义，逻辑看了二百零三页讲义，便算完事。这种的读书，便是犯了孔子所谓"今汝画"的毛病。所谓博览群籍，无从定义，最多不过说某人"书看得不少"某人"差一点"而已，哪里去定什么限制？说某人"学问不错"，也不过这么一句话而已，哪里可以说某书一定非读不可，某种科目是"必修科目"。一人在两年中翻览这二十万元的书籍，大概他对于学问的内容途径，什么名著、杰作、版本、笺注，总多少有一点把握了。

现在的大学教育方法如何呢？你们的读书是极端不自由，极端不负责。你们的学问不但有注册部定标准，简直可以称斤两的，这个斤两制，就是学校的所谓"七十八分""八十六分"之类，及所谓多少"单位"。试问学问之事，何得称量斤两？所谓英国史七十八分，逻辑八十六分，如何解释？一人的逻辑，怎么叫作八十六分？且若谓世界上关于英国史的知识你们百分已知道了七十八分，世上岂有那样容易的事？但依现在制度，每周三小时的科目算三单位，每周二小时的科目算二单位，这样由一方块一方块的单位，慢慢堆叠而来，叠成多少立方尺的学问，于是某人"毕业"，某人是"秀士"了。你想这笑话不笑话？须知我们何以有此大学制呢？是因为各人要拿文凭，因为要拿文凭，故不得不由注册部定一标准，评衡一下，就不得不让注册部来把你们"称一称"。你们如果不拿文凭，便无被称之必要。但是你们为什么要文凭呢？说来话长。有人因为要行孝道，拿了父母的钱，心里难过，于是下定决心，要规规矩矩安心定志读几年书，才不辜负父母一番的好意及期望。这个是不对的，与遵父母之命媒妁之言恋爱女子一样的违背道德。这是你们私人读书享乐的事，横被家庭义务的干涉，是想把真理学问孝敬你们的爸爸妈妈老太婆。只因真理学问，似太渺茫，所以还是拿一张文凭具体一点为是。有人因为想要得文凭学位，每月可以多得几十块钱使你们的亲卿爱卿宁馨儿舒服一点。社会对你们的父母说，你们儿子中学毕业读了三十本书，我可给他每月四五十元，如果再下二千元本钱再读了三十本书，大学毕业，我可给他每月八九十元。你们父母算盘一打，说"好"，于是议成，而送你们进大学，于是你们被称，拿文凭，果然每月八九十元到手，成交易。这还不是你们被出卖吗？与读书之本旨何关，与我所说读书之乐又何关？但是你们不能怪学校给你们称斤两，因为你们要向他拿文凭，学堂为保持招牌信用起见，不能不如此。且必如此，然后公平交易，童叟无欺。处于今日大规模生产品（mass production）之时期，不能不划定商货之品类（standardization of products），学问既然成为公然交易的商品，秀士、硕士、博士既为大规模生产品之一，自然也不能不"划定"一下。其实这种以学问为交易之事，自古已然。子张学干禄；子曰："三年学，不至于谷，未易得也。"（关于往时"生员"在社会所做的孽，可参观《亭林文集·生员论》上中下三篇。）

　　到了这个地步，读书与入学，完全是两件事了，去原意远矣。我所希望者，是诸位早日觉悟，在明知被卖之下，仍旧不忘其初，不背读书之本意，不失读书的快乐，不昧于真正读书的艺术。并希望诸位趁火打劫，虽然被卖，钱也要拿，书也要读，如此就两得其便了。

（选自《大荒集》，生活书店，1934年版）

论读书

林语堂

（十二月八日复旦大学演讲稿又同十三日大夏大学演讲）

本篇演讲只是谈谈本人对于读书的意见，并不是要训勉青年，亦非敢指导青年。所以不敢训勉青年有两种理由：第一，因为近来常听见贪官污吏到学校致训词，叫学生须有志操，有气节，有廉耻；也有卖国官僚到大学演讲，劝学生要坚忍卓绝，做富贵不能淫威武不能屈的大丈夫。孟子曰，人之患在好为人师，料想战国的土豪劣绅亦必好训勉当时的青年，所以激起孟子这样不平的话。第二，读书没有什么可以训勉。世上会读书的人，都是书拿起来自己会读。不会读书的人，亦不曾因为指导而变为会读。譬如数学，出五个问题叫学生去做，会做的人是自己脑里做出来的，并非教员教他做出，不会做的人经教员指导，这一题虽然做出，下一题仍旧非指导不可，数学并不会因此高明起来。我所要讲的话于你们本会读书的人，没有什么补助；于你们不会读书的人，也不会使你们变为善读书。所以今日谈谈，亦只是谈谈而已。

读书本是一种心灵的活动，向来算为清高。"万般皆下品，唯有读书高。"所以读书向称为雅事乐事。但是现在雅事乐事已经不雅不乐了。今人读书，或为取资格，得学位；在男为娶美女，在女为嫁贤婿；或为做老爷，踢屁股；或为求爵禄，刮地皮；或为做走狗，拟宣言；或为写讣闻，做贺联；或为当文牍，抄账簿；或为做相士，占八卦；或为做塾师，骗小孩……诸如此类，都是借读书之名，取利禄之实，皆非读书本旨。亦有人拿父母的钱，上大学，跑百米，拿一块大银盾回家，在我是看不起的，因为这似乎亦非读书的本旨。

今日所谈，亦非指学堂中的读书，亦非指读教授所指定的功课。在学校读书有四不可。（一）所读非书。学校专读教科书，而教科书并不是真正的书。今日大学毕业的人所读的书极其有限。然而读一部小说概论，到底不如读《三国志》《水浒》；读一部历史教科书，不如读《史记》。（二）无书可读。因为图书馆极有限。（三）不许读书。因为在课室看书，有犯校规，例所不许，倘是一人自晨至晚上课，则等于自晨至晚被监禁起来，不许读书。（四）书读不好。因为处处受注册部干涉，毛孔骨节，皆不爽快。且学校所教非慎思明辨之学，乃记问之学。记问之学不足为人师，《礼记》早已说过。书上怎样说，你便怎样答，一字不错，叫作记问之学。倘是你能猜中教员心中要你如何答法，照样答出，便得一百分，于是沾沾自喜，自以为西洋历史你知道一百分，其实西洋历史你何尝知道百分之一。学堂所以非注重记问之学不可，是因为便于考试。如拿破仑生卒年月、形容词共有几种，这些不必用头脑，只需强记，然学校考试极其便当，差一年可扣一分；然而事实上与学问无补，你们的教员，也都记不得。要用时自可在百科全书上去查。又如罗马帝国之亡，有三大原因，书上这样讲，你们照样记，然而事实上问题极复杂。有人说罗马帝国之亡，是亡于蚊子（传布寒热症），这是书上所无的。

今日所谈的是自由地看书读书；无论是在校、离校、做教员、做学生、做商人、做政客闲时的读书。这种的读书，所以开茅塞，除鄙见，得新知，增学问，广识见，养性灵。人之初生，都是好学好问，及其长成，受种种的俗见俗闻所蔽，毛孔骨节，如有一层包膜，失了聪明，逐渐顽腐。读书便是将此层蔽塞聪明的包膜剥下。能将此层剥下，才是读书人。并且要时时读书，不然便会鄙吝复萌，顽见俗见生满身上，一人的落伍、迂腐、冬烘，就是不肯时时读书所致。所以读书的意义，是使人较虚心，较通达，不固陋，不偏执。一人在世上，对于学问是这样的：幼时认为什么都不懂，大学时自认为什么都懂，毕业后才知道什么都不懂，中年又以为什么都懂，到晚年才觉悟一切都不懂。大学生自以为心理学他也念过，历史地理他亦念过，经济科学也都念过，世界文学艺术声光化电，他也念过，所以什么都懂。毕业以后，人家问他国际联盟在哪里，他说"我书上未念过"，人家又问法西斯蒂在意大利成绩如何，他也说"我书上未念过"，所以觉得什么都不懂。到了中年，许多人娶妻生子，造洋楼，有身份，做名流，戴眼镜，留胡子，拿洋棍，沾沾自喜，那时他的世界已经固定了：女子放胸是不道德，剪发亦不道德，社会主义就是共产党，读《马氏文通》是反动，节制生育是亡种逆天，提倡白话是亡国之先兆，《孝经》是孔子写的，大禹必有其人，……意见非常之多而且确定不移，所以又是什么都懂。其实是此种人久不读书，鄙吝复萌所致。此种人不可与深谈。但亦有常读书的人，老当益壮，其思想每每比青年急进，就是能时时读书所以心灵不曾化石，变为古董。

读书的主旨在于排脱俗气。黄山谷谓人不读书便语言无味，面目可憎。须知世上语言无味面目可憎的人很多，不但商界政界如此，学府中亦颇多此种人。然语言无味、面目可憎在官僚商贾则无妨，在读书人是不合理的。所谓面目可憎，不可作面孔不漂亮解，因为并非不能奉承人家，排出笑脸，所以"可憎"；胁肩谄笑，面孔漂亮，便是"可爱"。若欲求美男子小白脸，尽可于跑狗场、跳舞场，及政府衙门中求之。有漂亮脸孔、说漂亮话的政客，未必便面目不可憎。读书与面孔漂亮没有关系，因为书籍并不是雪花膏，读了便会增加你的容辉。所以面目可憎不可憎，在你如何看法。有人看美人专看脸蛋，凡有鹅脸柳眉皓齿朱唇都叫作美人。但是识趣的人若李笠翁看美人专看风韵，李笠翁所谓三分容貌有姿态等于六七分，六七分容貌乏姿态等于三四分。有人面目平常，然而谈起话来，使你觉得可爱；也有满脸脂粉的摩登伽，洋囡囡，做花瓶、做客厅装饰甚好，但一与交谈，风韵全无，便觉得索然无味。黄山谷所谓面目可憎不可憎亦只是指读书人之议论风采说法。若《浮生六记》的芸，虽非西施面目，并且前齿微露，我却觉得是中国第一美人。男子也是如是看法。章太炎脸孔虽不漂亮，王国维虽有一条辫子，但是他们是有风韵的，不是语言无味面目可憎的。简直可认为可爱。亦有漂亮政客，做武人的兔子姨太太，说话虽然漂亮，听了却令人作呕三日。

至于语言无味（着重"味"字），那全看你所读是什么书及读书的方法。读书读出味来，语言自然有味，语言有味，做出文章亦必有味。有人读书读了半世，亦读不出什么味儿来，那是因为读不合的书，及不得其读法。读书须先知味。这味字，是读书的关键。所谓味，是不可捉摸的，一人有一人胃口，各不相同，所好的味亦异。所以必先知其所好，始能读出味来。有人自幼嚼书本，老大不能通一经，便是食古不化勉强读书所致。袁中郎所谓读所好之书，所不好之书可让他人读之，这是知味的读法。若必强读，消化不来，必生疳积胃滞诸病。

口之于味，不可强同，不能因我之所嗜好以强人。先生不能以其所好强学生去读，父亲亦不得以其所好强儿子去读。所以书不可强读，强读必无效，反而有害，这是读书之第一义。有愚人请人开一张必读书目，硬着头皮咬着牙根去读，殊不知读书须求气质相合。人之气质各有不同，英人俗语所谓"在一人吃来是补品，在他人吃来是毒质"。因为听说某书是名著，因为要做通人，硬着头皮去读，结果必毫无所得。过后思之，如做一场恶梦。甚且终身视读书为畏途，提起书名来便头痛。萧伯纳说许多英国人终身不看《莎士比亚》，就是因为幼年塾师强迫背诵种下的果。许多人离校以后，终身不再看诗，不看历史，亦是旨趣未到学校迫其必修所致。

所以读书不可勉强，因为学问思想是慢慢胚胎滋长出来。其滋长自有滋长的道理，如草木之荣枯、河流之转向，各有其自然之势。逆势必无成就。树木的南枝遮阴，自会向北枝发展，否则枯槁以待毙。河流遇了矶石悬崖，也会转向，不是硬冲，只要顺势流下，总有流入东海之一日。世上无人人必读之书，只有在某时某地某种心境不得不读之书。有你所应读，我所万不可读，有此时可读，彼时不可读。即使有必读之书，亦决非此时此刻所必读。见解未到，必不可读，思想发育程度未到，亦不可读。孔子说五十可以学《易》，便是说四十五岁时尚不可读《易经》。刘知几少读古文《尚书》，挨打亦读不来，后听同学读《左传》，甚好之，求授《左传》，乃易成诵。《庄子》本是必读之书，然假使读《庄子》觉得索然无味，只好放弃，过了几年再读。对《庄子》感觉兴味然后读《庄子》，对《马克斯》

感觉兴味，然后读《马克斯》。

且同一本书，同一读者，一时可读出一时之味道出来。其景况适如看一名人相片，或读名人文章，未见面时，是一种味道，见了面交谈之后，再看其相片，或读其文章，自有另外一层深切的理会。或是与其人绝交以后，看其照片，读其文章，亦另有一番味道。四十学《易》是一种味道，五十而学《易》，又是一种味道。所以凡是好书都值得重读的。自己见解越深，学问越进，越读得出味道来。譬如我此时重读 Lamb 的论文，比幼时所读全然不同，幼时虽觉其文章有趣，没有真正魂灵的接触，未深知其文之佳境所在。一人背痈，再去读范增的传，始觉趣味。或是叫许钦文在狱中读清初犯文字狱的文人传记，才别有一番滋味在心头。

由是可知读书有二方面，一是作者，一是读者。程子谓《论语》读者有此等人与彼等人，有读了全然无事者，亦有读了不知手之舞之足之蹈之者。所以读书必以气质相近，而凡人读书必找一位同调的先贤，一位气质与你相近的作家，作为老师。这是所谓读书必须得力一家。不可昏头昏脑，听人戏弄，庄子亦好，荀子亦好，苏东坡亦好，程伊川亦好。一人同时爱庄荀，或同时爱苏程是不可能的事。找到思想相近之作家，找到文学上之情人，必胸中感觉万分痛快，而魂灵上发生猛烈影响，如春雷一鸣，蚕卵孵出，得一新生命，入一新世界。George Eliot 自叙读《卢骚自传》，如触电一般。尼采师叔本华，萧伯纳师易卜生，虽皆非及门弟子，而思想相承，影响极大。当二子读叔本华、易卜生时，思想上起了大影响，是其思想萌芽学问生根之始。因为气质性灵相近，所以乐此不疲，流连忘返，流连忘返，始可深入，深入后，然后如受春风化雨之赐，欣欣向荣，学业大进。

谁是气质与你相近的先贤，只有你知道，也无须人家指导，更无人能勉强，你找到这样一位作家，自会一见如故。苏东坡初读《庄子》，如有胸中久积的话，被他说出，袁中郎夜读徐文长诗，叫唤起来，叫复读，读复叫，便是此理。这与"一见倾心"之性爱（love at first sight）同一道理。你遇到这样作家，自会恨相见太晚。一人必有一人中意的作家，各人自己去找去。找到了文学上的爱人，他自会有魔力吸引你，而你也乐自为所吸，甚至声音相貌，一颦一笑，亦渐与相似。这样浸润其中，自然获益不少，将来年事渐长，厌此情人，再找别的情人，到了经过两三个情人，或是四五个情人，大概你自己也已受了熏陶不浅，思想已经成熟，自己也就成了一位作家。若找不到情人，东览西阅，所读的未必能沁入魂灵深处，便是逢场作戏，逢场作戏，不会有心得，学问不会有成就。

知道情人滋味便知道"苦学"二字是骗人的话。学者每为"苦学"或"困学"二字所误。读书成名的人，只有乐，没有苦。据说古人读书有追月法、刺股法，及丫头监读法。其实都是很笨。读书无兴味，昏昏欲睡，始拿锥子在股上刺一下，这是愚不可当。一人书本排在面前，有中外贤人向你说极精彩的话，尚且想睡觉，便应当去睡觉，刺股亦无益。叫丫头陪读，等打盹时唤醒你，已是下流，亦应去睡觉，不应读书。而且此法极不卫生。不睡觉，只有读坏身体，不会读出书的精彩来，若已读出书的精彩来，便不想睡觉，故无丫头唤醒之必要。刻苦耐劳，淬砺奋勉是应该的，但不应视读书为苦，视读书为苦，第一着已走了错路。天下读书成名的人皆以读书为乐；汝以为苦，彼却沉湎以为至乐。必如一人打麻将，或如人挟妓冶游，流连忘返，寝食俱废，始读出书来。以我所知国文好的学生，都是偷看几百万言的《三国志》《水浒》而来，决不是一学年读五六十页文选，国文会读好的。试问在偷读《三国志》《水浒》之人，读书有什么苦处？何尝算页数？好学的人，于书无所不窥，窥就是偷看。于书无所不偷看的人，大概才会成名。

有人读书必装腔作势，或嫌板凳太硬，或嫌光线太弱，这都是读书未入门路，未觉兴味所致。有人做不出文章，怪房间冷，怪蚊子多，怪稿纸发光，怪马路上电车声音太嘈杂，其实都是因为文思不来，写一句，停一句。一人不好读书，总有种种理由。"春天不是读书天，夏日炎炎最好眠，等到秋来冬又至，不如等待到来年。"其实读书是四季咸宜。古所谓"书淫"之人，无论何时何地可读书皆手不释卷，这样才成读书人样子。顾千里裸体读经，便是一例，即使暑气炎热，至非裸体不可，亦要读经。欧阳修在马上厕上皆可做文章，因为文思一来，非做不可，非必正襟危坐明窗净几才可做文章。一人要读书则澡堂、马路、洋车上、厕上、图书馆、理发室，皆可读。而且必办到洋车上理发室都必读书，才可以读成书。

读书须有胆识，有眼光有毅力。胆识二字拆不开，要有识，必敢于有自己意见，即使一时与前人不同亦不妨。前人能说得我服，是前人是，前人不能服我，是前人非。人心之不同如其面，要脚踏实地，不可舍己云人，诗或好李，或好杜，文或好苏，或好韩，各人要凭良知，读其所好，然后所谓好，说得好的道理出来。或竟苏韩皆不好，亦不必惭愧，亦须说出不好的理由来。或某名人文集，众人所称而你独恶之，则或系汝自己学力见识未到，或果然汝是而人非。学力未到，等过几年再读，若学力已到而汝是人非，则将来必发现与汝同情之人。刘知几少时读《前后汉书》，怪前书不应有《古今人表》，后书宜为更始立纪，当时闻者责以童子轻议前哲，乃"赧然自失，无辞以对"，后来偏偏发见张衡范晔等，持见与之相同。此乃刘知几之读书胆识。因其读书皆得之襟腑，非人云亦云，所以能著成《史通》一书。如此读书，处处有我的真知灼见，得一分见解是一分学问，除一种俗见，算一分进步，才不会落入圈套，满口烂调，一知半解，似是而非。

（选自《大荒集》，生活书店，1934年版）

吸烟与教育

林语堂

吸烟者不必皆文人，而文人理应吸烟，此颠扑不破之至理名言，足与天地万古长存者也。上期谈牛津一文，已经充分证明牛津之大学教育，胥由导师之启迪，而导师启迪之方法，尤端赖向学子冒烟之工作，并引李格教授之言为证："凡人这样有系统的被人冒烟，四年之后，自然成为学者"，"如果他有超凡的才调，他的导师对他特别注意，就向他一直冒烟，冒到他的天才出火"。兹再申明本意。李格说："被烟气熏的好的人，谈吐作文的风雅，绝非他种方法所可学得来的。"（"A well smoked man can speak and write English with a grace and elegance that cannot be a quired in any other way."）使吾死时，得友人撰碑志曰"此人文章烟气甚重"，吾愿已足。按李格所言，其得中国教育之本旨。向来中国言教育者，多用"熏陶"二字，便是指用烟气把学生熏透之意。即其他名词，如"陶熔"，指火，

"沾化"，指春风化雨，仍然是空气作用，要皆不离火与气。大凡中国人相信，一人的学问与德性，是要慢慢陶熔熏化出来的，绝不是今朝加一单位心理学，明朝加一单位物理，便可成为读书人，古人又谓"与君一夕谈，胜读十年书"，可见学问思想是在燕居闲谈切磋出来的。既是夕谈，大约便有吸烟。吸烟之所以为贵，在其能代表一种自由谈学的风味。中国大学之毛病甚多，总括一句，就是谈学时不吸烟，吸烟时不谈学。换句话说，就是看书时不自由，自由时不看书。在课室上，唯知有名可点，不感无烟可吸，学者之所以读书，非为与同学交谈时自觉形秽而鼓励也，非由对明窗净几，得红袖添香而步步入胜也，非由师友窗前月下前无古人后无来者之闲谈而激动其灵机也，非由自己面目可憎语言无味而生羞恶也。学者何为而读书，代注册部做衣裳准备出嫁也。如此不由兴味之启发而赖学分之鞭策，叫人念书，桎梏其性灵，斫丧其慧心，如以刍养马。以草喂牛，牛马将来末耜驾轭，或是登俎豆，入太牢，虽然也都是社会有用之才，到底已违背牛马之本性而丧失其顶天立地优游林下驰骋荒郊的快乐了。

（选自《我的话》下册，时代书局，1948年版）

考而不死是为神

老　舍

　　考试制度是一切制度里最好的，它能把人支使得不像人了，而把脑子严格地分成若干小块块。一块装历史，一块装化学，一块……

　　比如早半天考代数，下午考历史，在午饭的前后你得把脑子放在两个抽屉里，中间连一点缝子也没有才行。设若你把X+Y和一八二八弄到一处，或者找唐朝的指数，你的分数恐怕是要在二十上下。你要晓得，状元得来个一百分呀。得这么着：上午，你的一切得是代数，仿佛连你是黄帝的子孙，和姓字名谁，全根本不晓得。你就像刚由方程式里钻出来，全身的血脉都是X和Y。赶到刚一交卷，你立刻成了历史，向来没听说过代数是什么。亚力山大、秦始皇等就是你的爱人，连他们的生日是某年某月某时都知道。代数与历史千万别联宗，也别默想二者的有无关系，你是赴考呀，赴考的期间你别自居为人，你是个会吐代数，吐历史的机器。

这样考下去，你把各样功课都吐个不大离，好了，你可以现原形了；睡上一天一夜，醒来一切茫然，代数历史化学诸般武艺通通忘掉，你这才想起"妹妹我爱你"。这是种蛇脱皮的工作，旧皮脱尽才能自由；不然，你这条蛇不曾得到文凭，就是你爱妹妹，妹妹也不爱你，准的。

最难的是考作文。在化学与物理中间，忽然叫你"人生于世"。你的脑子本来已分成若干小块，分得四四方方、清清楚楚，忽然来了个没有准地方的东西，东扑扑个空，西扑扑个空，除了出汗没有合适的办法。你的心已冷两三天，忽然叫你拿出情绪作用，要痛快淋漓，慷慨激昂，假如题目是"爱国论"，或"天下兴亡匹夫有责"：你的心要是不跳吧，笔下便无血无泪；跳吧，下午还考物理呢。把定律们都跳出去，或是跳个乱七八糟，爱国是爱了，而定律一乱则没有人替你整理，怎办？幸而不是爱国论，是山中消夏记，心无须跳了。可是，得有诗意呀。仿佛考完代数你更文雅了似的！假如你能逃出这一关去，你便大有希望了，够分不够的，反正你死不了了。被"人生于世"憋死，不是什么稀罕的事。

说回来，考试制度还是最好的制度。被考死的自然无须用提。假若考而不死，你放胆活下去吧，这已明明告诉你，你是十世童男转身。

（选自《老舍幽默文集》，湖南人民出版社，1983年版）

读书

老　舍

　　若是学者才准念书，我就什么也不要说了。大概书不是专为学者预备的，那么，我可要多嘴了。

　　从我一生下来直到如今，没人盼望我成个学者；我永远喜欢服从多数人的意见。可是我爱念书。

　　书的种类很多，能和我有交情的可很少。我有决定念什么的全权：自幼儿我就会逃学，愣挨板子也不肯说我爱《三字经》和《百家姓》。对，《三字经》便可以代表一类——这类书，据我看，顶好在判了无期徒刑以后去念，反正活着也没多大味儿。这类书可真不少，不知道为什么；也许是犯无期徒刑罪的太多；要不然便是太少——我自己就常想杀些写这类书的人。我可是还没杀过一个，一来是因为——我才明白过来——写这样书的人敢情有好些已经死了，比如写《尚书》的那位李二哥。二来是因为现在还有些人专爱念这类书，我不便得罪人太多了。顶好，我看是不管别人；我不爱念的就不动好了。好在，我爸爸没希望我成个学者。

第二类书也与咱无缘：书上满是公式，没有一个"然而"和"所以"。据说，这类书里藏着打开宇宙秘密的小金钥匙。我倒久想明白点真理，如地是圆的之类；可是这种书别扭，它老瞪着我。书不老老实实地当本书，瞪人干吗呀？我不能受这个气！有一回，一位朋友给我一本《相对论原理》，他说：明白这个就什么都明白了。我下了决心去念这本宝贝书。读了两个"配纸"，我遇上了一个公式。我跟它"相对"了两点多钟！往后边一看，公式还多了去啦！我知道和它们"相对"下去，它们也许不在乎，我还活着不呢？

可是我对这类书，老有点敬意。这类书和第一类有些不同，我看得出。第一类书不是没法懂，而是懂了以后使我更糊涂。以我现在的理解力——比上我七岁的时候，我现在满可以做圣人了——我能明白"人之初，性本善"。明白完了，紧跟着就糊涂了；昨儿个晚上，我还挨了小女儿——玫瑰唇的小天使！——一个嘴巴。我知道这个小天使的性不本善，她才两岁。第二类书根本就看不懂，可是人家的纸上没印着一句废话；懂不懂的，人家不闹玄虚。它瞪我，或者我是该瞪。我的心这么一软，便把它好好派在书架上；好打好散，别太伤了和气。

这要说到第三类书了。其实这不该算一类；就这么算吧，顺嘴。这类书是这样的：名气挺大，念过的人总不肯说它坏，没念过的人老怪害羞的说将要念。譬如说"元曲"、太炎"先生"的文章、罗马的悲剧、辛克莱的小说、《大公报》——不知是哪儿出版的一本书——都算在这类里，这些书我也都拿起来过，随手便又放下了。这里还就属那本《大公报》有点劲。我不害羞，永远不说将要念。好些书的广告与威风是很大的，我只能承认那些广告作得不错，谁管它威风不威风呢。

"类"还多着呢，不便再说；有上面的三项也就足以证明我怎样的不高明了。该说读的方法。

怎样读书，在这里，是个自决的问题；我说我的，没勉强谁跟我学。第一，我读书没系统。借着什么、买着什么、遇着什么，就读什么。不懂的放下，使我糊涂的放下，没趣味的放下，不客气。我不能叫书管着我。

第二，读得很快，而不记住。书要都叫我记住，还要书干吗？书应该记住自己。对我，最讨厌的发问是："那个典故是哪儿的呢？""那句话是怎么来着？"我永不回答这样的考问，即使我记得。我又不是印刷机器养的，管你这一套！

读得快，因为我有时候跳过几页去。不合我的意，我就练习跳远。书要是不服气的话，来跳我呀！看侦探小说的时候，我先看最后的几页，省事。

第三，读完一本书，没有批评，谁也不告诉。一告诉就糟："嘿，你读《啼笑姻缘》？"要大家都不读《啼笑姻缘》，人家写它干吗呢？一批评就糟："尊家这点意见？"我不惹气。读完一本书再打通儿架，不上算。我有我的爱与不爱，存在我自己心里。我爱念什么就念，有什么心得我自己知道，这是种享受，虽然显着自私一点。

再说呢，我读书似乎只要求一点灵感。"印象甚佳"便是好书，我没工夫去细细分析它，所以根本便不能批评。"印象甚佳"有时候并不是全书的，而是书中的一段最入我的味；因为这一段使我对这全书有了好感；其实这一段的美或者正足以破坏了全体的美，但是我不去管；有一段叫我喜欢两天的，我就感谢不尽。因此，设若我真去批评，大概是高明不了。

第四，我不读自己的书，不愿谈论自己的书。"儿子是自己的好"，我还不晓得，因为自己还没有过儿子。有个小女儿，女儿能不能代表儿子，就不得而知。"老婆是别人的好"，我也不敢加以拥护，特别是在家里。但是我准知道，书是别人的好。别人的书自然未必都好，可是至少给我一点我不知道的东西。自己的，一提都头疼！自己的书，和自己的运气，好像永远是一对儿累赘。

第五，哼，算了吧。

（选自《老舍生活与创作自述》，人民文学出版社，1982年版）

读书

叶圣陶

听说读书，就引起反感。何以致此，却也有故。文人学士之流，心营他务，日不暇给，偏要搭起架子，感喟地说："忙乱到这个地步，连读书的工夫都没有了。"或者表示得恬退些，只说最低限度的愿望："别的都不想，只巴望能安安逸逸读点儿书。"这显见得他是天生的读书种子，做点儿其实不相干的事就似乎冤了他，若说利用厚生的笨重工作，那是在娘胎里就没有梦见过，这般荒唐的骄傲意态，只有回答他一个不理睬了事。衣锦的人必须昼行，为的是有人艳羡，有人称赞，衬托出他衣锦的了不起。现在回答他一个不理睬，无非让他衣锦夜行的意思。有朝一日，他真个有了读书的工夫了，能安安逸逸读点儿书了，或者像陶渊明那样"不求甚解"，或者把一句古书疏解了三四万言，那也只是他个人的事，与别人毫不相干。

还有政客、学者、教育家等人的"读书救国"之说。有的说得很巧妙，用"不忘""即是"等字眼的绳子，把"读书"和"救国"穿起来，使它颠来倒去都成一句话。若问读什么书，他们却从来不曾开过书目。因此人家也无从知道究竟是半部《论语》，还是一卷《太公兵法》，还是最新的航空术。虽然这么说，他们欲开而未开的书目也容易猜。他们要的是干练的帮手，自然会开足以养成这等帮手的书；他们要的是驯良的顺民，自然会开足以训练这等顺民的书。至于救国，他们虽然毫不愧怍地说"已有整个计划""不乏具体方案"，实际却最是荒疏。救国这一目标也许真能从读书的道路达到，世间也许真有足以救国的书，然而他们未必能，能也未必肯举出那些书名来。于是，不预备做帮手和顺民的人听了照例的"读书救国"之说，安得不"只当秋风过耳边"？

还有小孩进学校，普通都称为读书。父母说："你今年六岁了，送你到学校里去读书吧。"教师说："你们到学校里来，要好好儿读书。"嘴里说着读书，实际做的也只是读书。国语科本来还有训练思想和语言的目标，但究竟是工具科目，现在光是捧着一本书来读，姑且不说它。而自然科、社会科的功课也只是捧着一本书来读，这算什么呢？一只猫、一个苍蝇、一处古迹、一所公安局，都是实际的东西，可以直接接触的。为什么不让小孩直接接触，却把这些东西写在书上，使他们只接触一些文字呢？这样地利用文字，文字就成为闭塞智慧的阻障。然而颇有一些教师在那里说："如果不用书，这些科目怎么能教呢？"而切望子女的父母也说："进学校就为读这几本书！"他们完全忘了文字只是一种工具，竟承认读书是最后的目的了。真要大声呼喊"教救孩子"！

读书当然是甚胜的事，但是必须把上面说起的那几种读书除外。

（选自《叶圣陶散文·甲集》，四川人民出版社，1983年版）

重读之书

叶灵凤

　　小泉八云曾劝人不要买那只读一遍不能使人重读的书。这是一句意味很深长的读书箴言，也是买书箴言。中国古语所谓书籍"汗牛充栋，浩如烟海"，在机械生产的今日，一个人即使财力和精力都胜任，恐怕也不能读尽所有的书，买尽所有的书。因此，我们在不十分闲暇的人生忙迫之中，能忙里偷闲，将自己所喜爱的读过的书取出重读一遍，实是人生中一件愉快的事。

　　读书本是精神上的探险，尽管他人的介绍与推荐，对于一本书的真实印象如何，总要待自己读完之后才可决定。有些为一般人所指责的书，自己因了个人的特性或一时的环境关系，竟有特殊的爱好，这正与名胜的景色一样，卧游固是乐事，然而亲临其地观赏，究竟与在游览指南之类所得者不同。将读过的书重读一遍，正与旧地重临一样，同是那景色，同是自己，却因了心情和环境的不同，会有一种稔熟而又新鲜的感觉。这在人生中，正如与一位多年不见的旧友相逢，你知道他的过去，但是同时又在揣测他目前的遭遇如何。

有人说，与其读一百部好书，不如将五十部重读一遍，因为仔细地将已经获得的重新加以咀嚼，有时比生吞活剥更有好处。但可惜的是，人生太短，好书太多，我们遂终于在顾此失彼之中生活，正如可爱的季辛所慨叹：

"唉，那些不能有机会再读一遍的书哟！"

季辛所惋惜的，不仅是可以重读，而是那少数的可以百读不厌的书，因为他接着又说：

"温雅的安静的书，高贵的启迪的书：那些值得埋头细嚼，不仅一次而可以重读多次的书。可是我也许永无机会再将他们握在手里一次了；流光如驶，而时日又是这样的短少。也许有一天，当我躺在床上静待我的最后，这些被遗忘的书中的一部会走入我彷徨的思索之中，而我便像记起一位曾经于我有所助益的朋友一样的记起他们——偶然邂逅的友人。这最后的诀别之中将含着怎样的惋惜！"

在这岁暮寒天，正是我们思念旧友，也正是我们重行翻开一册已经读过一次，甚或多次的好书最适宜的时候。

（选自《读书随笔》一集，生活·读书·新知三联书店，1988年版）

读书界的风尚

冯　至

　　所谓一般社会的风尚，若仔细分析，自然可以分析出许多因素，但其中总不免含有几分不负责任的游戏性。就以女子的服装而论，在古代多半模仿"内家宫样"，在现代则又受电影的影响和巴黎或纽约的服装杂志的支配；"内家宫样"也好，电影与服装杂志也好，其起源每每由于少数人，甚至是三两个人的好奇立异。这种好奇立异常常出于不自觉，或出于游戏，但一成为风尚，就会在很短的时间内普遍全世，这时再回想那少数的创始人，想把人打扮成什么样子，便打扮成什么样子，真近乎和人类开玩笑，他们的权威好像还甚于那些睥睨一世的英雄。现代文艺读书界里一本书的忽然流行与忽然过去，也有些和服装的风尚相类似，这现象在西方最为明显。在欧美几个重要的国家，几乎每年都会产生一部在一年内销路超过十几版或几十版的小说，两三部在每个大城市一连上演一个月以上而每场都满座的剧本。这小说、这剧本，它们的内容与技巧，比起其他同时代的作品，往往并没有什么特殊的优越，它们为什么这样流行，在一些有文学修养的人们的眼里看来，几乎是不可解的事。更奇怪的是这些盛极一时的小说与剧本过两三年后便会冷落得无人过问，渐渐通过旧书摊子而走入无何有之乡。一般读书的群众是这样喜新厌旧，使人想到《天方夜谭》里的那个暴君，他每晚需要一个女子侍奉，第二天黎明便把这个女子杀掉。

但是他们和那暴君并不完全相同：暴君是主动的，他们则完全是被动的。他们被操纵在现代的报纸的手里。在这里请让我谈一段西方文坛的掌故。我们还记得大约在一九二九年，德国有一部风靡全世的非战小说，雷马克的《西线平静无事》，这部书在描写战争的小说里并不能算是第一流，但它这样流行，被译成几十个国家的文字，在中国至少也有两种译本。等到一九三〇年的冬天，我到德国时，这部书已经不大有人过问了。同时这作家的第二部小说《前线归来》已出版，只仰仗前一部行将消逝的光荣在读书界里冷冷清清地销行着[①]。第二年夏我在柏林遇见了一位名叫麦耶尔的报纸专栏作家，和他偶然谈起《西线平静无事》。他说雷马克是他的朋友，当雷马克写这部小

---

① 需要说明，雷马克后来在四十年代和五十年代还是创作了几部有价值的小说。

说时，不过是随便写写，并没有多大愿望，写完了把稿子交给他看，他看完后很受感动，便把这部小说介绍给一家出版公司出版。这公司在当时出版界中有很大的通俗势力，每天在柏林发行的报纸就有七八种之多。那时欧洲的人民经过大战，虽已十年，但痛定思痛，厌战的情绪还很浓，各国都在为和平努力，这本书恰巧在这时出版，又加以这出版公司最善于宣传，于是它便盛极一时，弥漫全世，就是在没有欧洲战争前线经验的中国人也隔靴搔痒地读着。这偶然的幸运绝不是雷马克当初所料到的。如这书由另一个出版社出版，它也许会因为书中的非战思想投合时宜，但缺乏了那么多的报纸为它宣传，想来总不会那样风行吧。

所谓一般的读书界多半是盲目的，他们不大能够区分真假，他们需要旁人的指点；他们买一本书，看一次电影或一出戏，跟吃一顿馆子没有多大分别，若是自命有经验的人能给他们一些指点，他们就觉得可靠了。在现代担负这个指点任务的多半是报纸和杂志。只可惜这些报纸杂志不一定都是能担负起这任务的。在西方固然有些有传统、有权威、有水平的文艺刊物，但究竟是少数，大多数还失不掉江湖气。有些自命不凡的评论家，尽量要从无数的作品中发现天才，觉得若能从中发现出一个陀思妥耶夫斯基，一个济慈，那岂不是文学史上的美谈！只可惜他们的眼光有限，所看到的不一定是天才，万一有什么有希望的作家，他们也未必见得到。等而下之的，就迎合一般人喜新厌旧的心理，只想在社会上添些热闹，什么每月最好的书啊，一部一部地介绍给读者，于是书店、作品、刊物互相为用，把一般的读者当作无知的小孩来看待，而这些读者也以小孩子自居。这无异于巴黎纽约替大服装店编的服装杂志，在一九四三年就订出一九四四年的样式，而这样式也就居然在社会上发生作用。

那些服装杂志很能了解社会的需要，在经济困难时期，它们所描画的式样，尽量在节省材料上着想，在比较富裕的年月，就不惜浪费材料。所以有些报纸和杂志也善于感受时风的转移，它们在一个法西斯统治的国家总不会推荐一部颂扬和平的小说，同样在一个唯利是图的社会也不会推荐一部哲理深刻的戏剧。它们很少在作品的本身上着想。一部作品，纵使是很好的，若不合时宜，它们就不肯推荐，它们知道，纵使推荐也不会被接受。

以上所说的是西方的情形。在中国报纸杂志还没有那么大的势力，出版界和读书界则随时都在受着外国风尚的支配，创作方面也无形中受着这些风尚的影响。

中国的翻译界是不应该这样只跟着西方流行的风尚跑的，至少在这些流行的以外，还得多介绍一些不合乎所谓"风尚"而更有意义的作品。我们的眼光不要被"时代"这个神秘的字给弄得模糊，我们常常听见"不合时宜""违背时代精神"这类笼统的话，其实这类话是空洞没有内容的。直到现在为止，

（将来我们不知道）我们从未见过一部真实的伟大的作品是"完全过去了"。有时候老子的一句话、莎士比亚或歌德的几行诗，向我们比任何一个同时代的著作说得更多。一时畅销的书和真实的文艺作品可以说是两回事，正如流行的服装与美并不甚相干一般。有些女人很知道，一件超乎时尚而合乎美感的衣裳比一件只局限于时尚的衣裳可穿的时间要长久得多。读书的人对于书籍也应该懂得这个道理。

一九四三年十一月

（选自《冯至选集》第二卷，四川文艺出版社，1985年版）

事事关心

马南邨

> 风声、雨声、读书声，声声入耳；
>
> 家事、国事、天下事，事事关心。

这是明代东林党首领顾宪成撰写的一副对联。时间已经过去了三百六十多年，到现在，当人们走进江苏无锡"东林书院"旧址的时候，还可以寻见这副对联的遗迹。

为什么忽然想起这副对联呢？因为有几位朋友在谈话中，认为古人读书似乎都没有什么政治目的，都是为读书而读书，都是读死书的。为了证明这种认识不合事实，才提起了这副对联。而且，这副对联知道的人很少，颇有介绍的必要。

上联的意思是讲书院的环境便于人们专心读书。这十一个字很生动地描写了自然界的风雨声和人们的读书声交织在一起的情景，令人仿佛置身于当年的东林书院中，耳朵里好像真的听见了一片朗诵和讲学的声音，与天籁齐鸣。

下联的意思是讲在书院中读书的人都要关心政治。这十一个字充分地表明了当时的东林党人在政治上的抱负。他们主张不能只关心自己的家事，还要关心国家的大事和全世界的事情。那个时候的人已经知道天下不只是一个中国，还有许多别的国家。所以，他们把天下事与国事并提，可见这是指的世界大事，而不限于本国的事情了。

把上下联贯串起来看，它的意思更加明显，就是说一面要致力读书，一面要关心政治，两方面要紧密结合。而且，上联的风声、雨声也可以理解为语带双关，即兼指自然界的风雨和政治上的风雨而言。因此，这副对联的意义实在是相当深长的。

从我们现在的眼光看上去，东林党人读书和讲学，显然有他们的政治目的。尽管由于历史条件的限制，他们当时还是站在封建阶级的立场上，为维护封建制度而进行政治斗争。但是，他们比起那一班读死书的和追求功名利禄的人，总算进步得多了。

当然，以顾宪成和高攀龙等人为代表的东林党人，当时只知道用"君子"和"小人"去区别政治上的正邪两派。顾宪成说："当京官不忠心事主，当地方官不留心民生，隐居乡里不讲求正义，不配称君子。"在顾宪成死后，高攀龙接着主持东林讲席，也是继续以"君子"与"小人"去品评当时的人物，议论万历、天启年间的时政。他们的思想，从根本上说，并没有超出宋儒理学，特别是程、朱学说的范围，这也是可以理解的。因为顾宪成讲学的东林书院，本来是宋儒杨龟山创立的书院。杨龟山是程颢、程颐两兄弟的门徒，是"二程之学"的正宗嫡传。朱熹等人则是杨龟山的弟子。顾宪成重修东林书院的时候，很清楚地宣布，他是讲程朱学说的，也就是继承杨龟山的衣钵的。人们如果要想从他的身上，找到反封建的革命因素，那恐怕是不可能的。

我们决不需要恢复所谓东林遗风，就让它永远成为古老的历史陈迹去吧。我们只要懂得努力读书和关心政治，这两方面紧密结合的道理就够了。

片面地只强调读书，而不关心政治；或者片面地只强调政治，而不努力读书，都是极端错误的。不读书而空谈政治的人，只是空头的政治家，决不是真正的政治家。真正的政治家没有不努力读书的。完全不读书的政治家是不可思议的。同样，不问政治而死读书本的人，那是无用的书呆子，决不是真正有学问的学者。真正有学问的学者决不能不关心政治。完全不懂政治的学者，无论如何他的学问是不完全的。就这一点说来，所谓"事事关心"实际上也包含着对一切知识都要努力学习的意思在内。

既要努力读书，又要关心政治，这是越来越明白的道理。

古人尚且知道这种道理，宣扬这种道理，难道我们还不如古人，还不懂得这种道理吗？无论如何，我们应该比古人懂得更充分，更深刻，更透彻！

（选自《燕山夜话》，北京出版社，1979年版）

与友人论学习古文

孙 犁

　　承问我学习古代文字的经验，实在惭愧，我在这方面的根底很薄，不能冒充高深。

　　我上小学的时候，是一九一九年，已经是国民小学。在农村，小学校的设备虽然很简陋，不过是借一家闲院，两间泥房做教室，复式教学，一个先生教四班学生。虽然这样，学校的门口，还是左右挂了两面虎头牌："学校重地"及"闲人免进"。

　　你看未进校门之先，我们接触的，已经是这样带有浓厚封建国粹色彩的文字了。但进校后所学的，还是新学制的课本，并不是过去的五经四书了。

　　所以，我在小学四年，并没有读过什么古文。不过，在农村所接触的文字，例如政府告示、春节门联、婚丧应酬文字，还都是文言，很少白话。

　　我读的第一篇"古文"，是我家的私乘。我的父亲，在经营了多年商业以后，立志要为我的祖父立碑。他求人——一位前清进士撰写了一篇碑文，并把这篇碑文交给小学的先生，要他教我读，以备在立碑的仪式上，叫我在碑前朗诵。父亲把这件事，看得很重，不只有光宗耀祖的虔诚，还有教子成才的希望。

我记得先生每天在课后教我念，完全是生吞活剥，我也背得很熟，在我们家庭的那次大典上，据反映我读得还不错。那时我只有十岁，这篇碑文的内容，已经完全不记得，经过几十年战争动乱，那碑也不知道到哪里去了。但是，那些之乎者也，那些抑扬顿挫，那些起承转合，那些空洞的颂扬之词，好像给我留下了深刻的印象。

然后我进了高等小学。在这二年中，我读的完全是新书和新的文学作品，父亲请了一位老秀才，教我古文，没有给我留下任何印象。因为我看到他走在街头的那种潦倒状态，以为古文是和这种人物紧密相连的，实在鼓不起学习的兴趣。这位老先生教给我的是一部《古文释义》。

在育德中学，初中的国文讲义中，有一些古文，如孟子、庄子、墨子的节录，没有引起我多少兴趣。但对一些词，如《南唐二主词》、李清照《漱玉词》和《苏辛词》，发生了兴趣，一样买了一本，都是商务印书馆印的学生国学丛书的选注本。

为什么首先爱好起词来？是因为在读小说的时候，接触到了一些诗词歌赋。例如《红楼梦》里的《葬花词》《芙蓉诔》，鲁智深唱的《寄生草》，以及什么祖师的偈语之类。青年时不知为什么对这种文字，这样倾倒，以为是人间天上，再好没有了，背诵抄录，爱不释手。

现在想来，青少年时代，确是一个神秘莫测的时代。那时的感情，确像一江春水、一树桃花、一朵早霞、一声云雀。它的感情是无私的、放射的，是无所不想拥抱，无所不想窥探的。它的胸怀，向一切事物都敞开着，但谁也不知道，是哪一件事物或哪一个人，首先闯进来，与它接触。

接着，我读了《西厢记》、苏曼殊的《断鸿零雁记》、沈复的《浮生六记》。一个时期，我很爱好那种凄冷缠绵、红袖罗衫的文字。

无论是桃花也好，早霞也好，它都要迎接四面八方袭来的风雨。个人的爱好，都要受时代的影响与推动。我初中毕业的那一年，"九一八"事变发生；第二年，"一·二八"事变发生。在这几年中，我们的民族危机，严重到了一触即发的程度。保定地处北方，首先经受时代风云的冲激。报刊杂志、书店陈列的书籍，都反映着这种风云。我在高中二年，读了很多政治经济学方面的书籍。我在一本一本练习簿上，用蝇头小楷，孜孜矻矻作读《费尔巴哈论》和其他哲学著作的笔记。也是生吞活剥，但渐渐觉得它们确能给我解决一些当前现实使我苦恼的问题。我也读当时关于社会史和关于文艺的论战文章。

这样很快就把我先前爱好的那些后主词、《西厢记》，冲扫得干干净净。

高中二年，在课堂上，我读了一本《韩非子》，我很喜好这部书。读了一部《八贤手札》，没有印象。高中二年的课堂作文，我都是作的文言文，因为那时的老师，是一位举人，他要求这样。

因为功课中，有修辞学、有名学（就是逻辑学）、有文化史、伦理学史、哲学史，所以我还是断断续续接触了一些古文，严复、林纾翻译的书，我也读了一些。

高中毕业以后，我没有能进入大学，所以我的古文，并没有得到过大学文科的科班训练，只能说是中学的程度。

以上，算是我在学校期间，学习古文的总结。

抗战八年间，读古书的机会很少，但是，偶尔得到一本，我也不轻易放过，总是带在身上，看它几天。记得，我背过《孟子》《楚辞》。

你说，已经借到一部大学用的《古代汉语》，选目很好，并有名家注释。这太好了。"文化大革命"后期，我没有书读，也是借了两本这样的书，每天晚上读，并抄录下来不少。

我们只能读些选本。鲁迅反对读选本，是就他那种学力，并按照研究的要求提出的。我们是处在学习阶段，只能读些有可靠注释的选本。我从来也不敢轻视像《古文观止》《唐诗三百首》这样的选本。像这样的选家，这样的选本，造福于后人的，实在太大了。进一步，我们也可以读《昭明文选》，这就比较深奥一些。不能因为鲁迅反对过读文选，我们就避而远之。土地改革期间，我在小区工作，负责管理各村抄送来的图籍，其中有一部胡刻文选的石印本，我非常爱好，但是不敢拿，在书堆旁边，读了不少日子。

至于什么《全上古汉……文》《全汉三国晋南北朝诗》，对我们来说，买不起又搬不动，用处不大。民国初年，上海有一家医学书局，主持人是丁福保，他编了一部《汉魏六朝名家集》，初集共四十家，白纸铅印线装，轻便而醒目，我买了一部，很实用。从中，我们可以看到，很多大作家，留给我们的文集，只是薄薄的一本，这是因为当时不能印刷广为流传，年代久远，以至如此。唐宋以后，作家保存文章的条件就好多了。对于保存自己的作品，传于身后，白居易是最用了脑筋的，他把自己的作品，抄写五部，分存于几大名山寺院之中，他的文集，得以完整无缺。

唐宋大作家文集，现在都容易得到，可以置备一些。这样，可以知道他一生写了哪些文章，有哪些文体，文集中又都附有关于他的评论和碑传，也可以增加对作家的理解。宋以后的文集，如你没有特殊兴趣，暂时可以不买。

读古文，可以和读历史相结合。《左传》《战国策》，文章写得很好，都有选本。《史记》《三国志》《汉书》《新五代史》，文章好，史、汉有选本。此外断代史，暂时不读也可以。可买一部《纲鉴易知录》，这算是明以前的历史纲要，是简化了的《资治通鉴》，文字很好。

另有一条道路，进入古文领域，就是历代笔记小说，石印的《笔记小说大观》、商务印的《清代笔记小说选》，部头都大些。买些零种看看也可以。至于像《世说新语》《唐语林》《摭言》《梦溪笔谈》《容斋随笔》等，则应列为必读的书。

如果从小说进入，就可读《太平广记》《唐宋传奇》《聊斋志异》和《阅微草堂笔记》。这些书，大概你都读过了。

至少要读一本文学史，谢无量的《中国大文学史》，鲁迅常引用。文论方面，可读一本《文心雕龙》。

学习古文，主要是靠读，不能像看白话小说，看一遍就算了。要读若干遍，有一些要背过。文读百遍，其义自明，好文章是越读越有味道的。最好有几种自己喜欢的选本，放在身边，经常拿起来朗读。

总之，学习古文的途径很多。以文为主，诗、词、歌、赋并进，收效会大些。

手边要有一本适宜读古文的字典，遇到一些生字，随时查看。直到现在，我手边用的还是一本过去商务印的学生字典，对我的读书写作，帮助很大。

学习古文，除去读，还要作，作可以帮助读。遇有机会，可作些文言小文，这也算不得复古，也算不得遗老遗少所为，对写白话文，也是有好处的。

一九八一年三月廿八日

（选自《澹定集》，百花文艺出版社，1981年版）

"书读完了"

金克木

　　有人记下一条逸事，说，历史学家陈寅恪曾对人说过，他幼年时去见历史学家夏曾佑，那位老人对他说："你能读外国书，很好；我只能读中国书，都读完了，没得读了。"他当时很惊讶，以为那位学者老糊涂了。等到自己也老了时，他才觉得那话有点道理：中国古书不过是那几十种，是读得完的。说这故事的人也是个老人，他卖了一个关子，说忘了问究竟是哪几十种。现在这些人都下世了，无从问起了。

　　中国古书浩如烟海，怎么能读得完呢？谁敢夸这海口？是说胡话还是打哑谜？

　　我有个毛病是好猜谜，好看侦探小说或推理小说。这都是不登大雅之堂的，我却并不讳言。宇宙、社会、人生都是些大谜语，其中有日出不穷的大小案件；如果没有猜谜和破案的兴趣，缺乏好奇心，那就一切索然无味了。下棋也是猜心思，打仗也是破谜语和出谜语。平地盖房子、高山挖矿井、远洋航行、登天观测，难道不都是有一股子猜谜、破案的劲头？科学技术发明创造怎么能说全是出于任务观点、雇佣观点、利害观点？人老了，动弹不得，也记不住新事，不能再猜"宇宙之谜"了，自然而然就会总结自己一生，也就是探索一下自己一生这个谜面的谜底是什么。一个读书人，比如上述的两位史学家，老了会想想自己读过的书，不由自主地会贯串起来，也许会后悔当年不早知道怎样读，也许会高兴究竟明白了这些书是怎么回事。所以我倒相信那条逸事是真的。我很想破一破这个谜，可惜没本领，读过的书太少。

据说二十世纪的科学已不满足于发现事实和分类整理了，总要找寻规律，因此总向理论方面迈进。爱因斯坦在一九〇五年和一九一五年放了第一炮，相对论。于是科学，无论其研究对象是自然还是社会，就向哲学靠拢了。哲学也在二十世纪重视认识论，考察认识工具，即思维的逻辑和语言，而逻辑和数学又是拆不开的，于是哲学也向科学靠拢了。语言是思维的表达，关于语言的研究在二十世纪大大发展，牵涉到许多方面，尤其是哲学。索绪尔在一九〇六到一九一一年的讲稿中放了第一炮。于是本世纪的前八十年间，科学、哲学、语言学"搅混"到一起。无论对自然或人类社会都仿佛"条条大路通罗马"，共同去探索规律，也就是破谜。大至无限的宇宙，小至基本粒子，全至整个人类社会，分至个人语言心理，越来越是对不能直接用感官觉察到的对象进行探索了。现在还有十几年便到本世纪尽头，看来越分越细和越来越综合的倾向殊途同归，微观宏观相结合，二十一世纪学术思想的桅尖似乎已经在望了。

人的眼界越来越小，同时也越来越大，原子核和银河系仿佛成了一回事。人类对自己的生理和心理的了解也像对生物遗传的认识一样大非昔比了。工具大发展，出现了"电子计算机侵略人文科学"这样的话。上天，入海，思索问题，无论体力脑力都由工具而大大延伸、扩展了。同时，控制论、信息论、系统论的相继出现，和前半世纪的相对论一样影响到了几乎是一切知识领域。可以说今天已经是无数、无量的信息蜂拥而来，再不能照从前那样的方式读书和求知识了。人类知识的现在和不久将来的情况同一个世纪以前的情况大不相同了。

因此，我觉得怎样对付这无穷无尽的书籍是个大问题。首先是要解决本世纪以前的已有的古书如何读的问题，然后再总结本世纪，跨入下一世纪。今年进小学的学生，照目前学制算，到下一世纪开始刚好是大学毕业。他们如何求学读书的问题特别严重、紧急。如果到十九世纪末的几千年来的书还压在他们头上，要求一本一本地去大量阅读，那几乎是等于不要求他们读书了。事实正是这样。甚至于第二次世界大战前的本世纪的书也不能要求他们一本一本地读了。即使只就一门学科说也差不多是这样。尤其是中国的"五四"以前的古书，决不能要求青年到大学以后才去一本一本地读，而必须在小学和中学时期择要装进他们的记忆力尚强的头脑；只是先交代中国文化的本源，其他由他们自己以后照各人的需要和能力阅读。这样才能使青年在大学时期迅速进入当前和下一世纪的新知识（包括以中外古文献为对象的研究）的探索，而不致被动地接受老师灌输很多太老师的东西，消磨大好青春，然后到工作时期再去进业余学校补习本来应当在小学和中学就可学到的知识。一路耽误下去就会有补不完的课。原有的文化和书籍应当是前进中脚下的车轮而不是背上的包袱。读书应当是乐事而不是苦事。求学不应当总是补课和应考。儿童和青少年的学习应当是在时代洪流的中间和前头主动前进而不应当是跟在后面追。仅仅为了得一技之长，学谋生之术，求建设本领，那只能是学习的一项任务，不能是全部目的。为此，必须想法子先"扫清射界"，对古书要有一个新读法，转苦为乐，把包袱改成垫脚石，由此前进。"学而时习之"本来是"不亦说乎"的。

文化不是杂乱无章而是有结构、有系统的。过去的书籍也应是有条理的，可以理出一个头绪的。不是说像《七略》和"四部"那样的分类，而是找出其中内容的结构系统，还得比《四库全书提要》和《书目答问》之类大大前进一步。这样向后代传下去就方便了。

本文开始说的那两位老学者为什么说中国古书不过几十种，是读得完的呢？显然他们是看出了古书间的关系，发现了其中的头绪、结构、系统，也可以说是找到了密码本。只就书籍而言，总有些书是绝大部分的书的基础，离了这些书，其他书就无所依附，因为书籍和文化一样总是累积起来的。因此，我想，有些不依附其他而为其他所依附的书应当是少不了的必读书或则说必备的知识基础。举例说，只读过《红楼梦》本书可以说是知道一点《红楼梦》，若只读"红学"著作，不论如何博大精深，说来头头是道，却没有读过《红楼梦》本书，那只能算是知道别人讲的《红楼梦》。读《红楼梦》也不能只读"脂批"，不看本文。所以《红楼梦》就是一切有关它的书的基础。

如果这种看法还有点道理，我们就可以依此类推。举例说，想要了解西方文化，必须有《圣经》（包括《旧约》《新约》）的知识。这是不依傍其他而其他都依傍它的。这是西方无论欧、美的小孩子和大人在不到一百年以前个个人都读过的。没有《圣经》的知识几乎可以说是无法读懂西方公元以后的书，包括反宗教的和不涉及宗教的书，只有一些纯粹科学技术的书可以除外。古希腊和古罗马的书与《圣经》无关，但也只有在《圣经》的对照之下才较易明白。许多古书都是在有了《圣经》以后才整理出来的。因此，《圣经》和古希腊、古罗马的一些基础书是必读书。对于亚洲，第一重要的是《古兰经》。没有《古兰经》的知识就无法透彻理解伊斯兰教世界的书。又例如读西方哲学书，少不了的是柏拉图、亚里士多德、笛卡尔、狄德罗、培根、贝克莱、康德、黑格尔。不是要读全集，但必须读一点。有这些知识而不知其他，还可以说是知道一点西方哲学；若看了一大堆有关的书而没有读过这些人的任何一部著作，那不能算是学了西方哲学，事实上也读不明白别人的哲学书，无非是道听途说，隔靴搔痒。又比如说西方文学茫无边际，但作为现代人，有几个西方文学家的书是不能不读一点的，那就是荷马、但丁、莎士比亚、歌德、巴尔扎克、托尔斯泰、高尔基，再加上一部《堂吉诃德》。这些都是常识了，不学文学也不能不知道。文学作品是无可代替的，非读本书不可，译本也行，决不要满足于故事提要和评论。

若照这样来看中国古书，那就有头绪了。首先是所有写古书的人，或说古代读书人，几乎无人不读的书必须读，不然就不能读懂堆在那上面的无数古书，包括小说、戏曲。那些必读书的作者都是没有前人书可读的，准确些说是他们读的书我们无法知道。这样的书就是《易》《诗》《书》《春秋左传》《礼记》《论语》《孟子》《荀子》《老子》《庄子》。这是从汉代以来的小孩子上学就背诵一大半的，一直背诵到上一世纪末。这十部书若不知道，唐朝的韩愈、宋朝的朱熹、明朝的王守仁（阳明）的书都无法读，连《镜花缘》《红楼梦》《西厢记》《牡丹亭》里许多地方的词句和用意也难于体会。这不是提倡复古、读经。为了扫荡封建残余非反对读经不可，但为了理解封建文化又非读经不可。如果一点不知道"经"是什么，没有见过面，又怎么能理解透鲁迅那么反对读经呢？所谓"读经"是指"死灌""禁锢""神化"；照那样，不论读什么书都会变成"读经"的。

有分析批判地读书，那是可以化有害为有益的，不至于囫囵吞枣、人云亦云的。

以上是算总账，再下去，分类区别就比较容易了。举例来说，读史书，可先后齐读，最少要读《史记》《资治通鉴》，加上《续资治通鉴》(毕沅等的)、《文献通考》。读文学书总要先读第一部总集《文选》。如不大略读读《文选》，就不知道唐以前文学从屈原《离骚》起是怎么回事，也就看不出以后的发展。

这些书，除《易》《老》和外国哲学书以外，大半是十来岁的孩子所能懂得的，其中不乏故事性和趣味性。枯燥部分可以滑过去。我国古人并不喜欢"抽象思维"，说的道理常很切实，用语也往往有风趣，稍加注解即可阅读原文。一部书通读了，读通了，接下去越来越容易，并不那么可怕。从前的孩子们就是这样读的。主要还是要引起兴趣。孩子有他们的理解方式，不能照大人的方式去理解，特别是不能抠字句，讲道理。大人难懂的地方孩子未必不能"懂"。孩子时期稍用一点时间照这样"程序"得到"输入"以后，长大了就可腾出时间专攻"四化"，这一"存储"会作为潜在力量发挥作用。错过时机，成了大人，记忆力减弱，理解力不同，而且"百忧感其心，万事劳其形"，再想补课，读这类基础书，就难得多了。

以上举例的这些中外古书分量并不大。外国人的书不必读全集，也读不了，哪些是其主要著作是有定论的。哲学书难易不同；康德、黑格尔的书较难，主要是不懂他们论的是什么问题以及他们的数学式分析推理和表达方式。那就留在后面，选读一点原书。中国的也不必每人每书全读，例如《礼记》中有些篇，《史记》的《表》和《书》，《文献通考》中的资料，就不是供人"读"的，可以"溜"览过去。这样算来，把这些书通看一遍，花不了多少时间，不用"皓首"即可"穷经"。依此类推，若想知道某一国的书本文化，例如印度、日本，也可以先读其本国人历来幼年受教育时的必读书，却不一定要学校中为考试用的课本。孩子们和青少年看得快，"正课"别压得太重，考试莫逼得太紧，给点"业余"时间，让他们照这样多少了解一点中外一百年前的书本文化的大意并非难事。有这些做基础，和历史、哲学史、文学史之类的"简编"配合起来，就不是"空谈无根"，心中无把握了，也可以说是学到诸葛亮的"观其大略"的"法门"了。花费比"三冬"多一点的时间，也可以就一般人说是"文史足用"了。没有史和概论是不能入门的，但光有史和概论而未见原书，那好像是见蓝图而不见房子或看照片甚至漫画去想象本人了。本文开头说的那两位老前辈说的"书读完了"的意思大概也就是说，"本人"都认识了，其他不过是肖像画而已，多看少看无关大体了。用现在话说就是，主要的信息已有了，其他是重复再加一点，每部书的信息量不多了。若用这种看法，连《资治通鉴》除了"臣光曰"以外也是"东抄西抄"了。无怪乎说中国书不多了。全信息量的是不多。若为找资料，做研究，或为了消遣时光，增长知识，书是看不完的；

若为了寻求基础文化知识，有创见能独立的旧书就不多了。单纯资料性的可以送进计算机去不必自己记忆了。不过计算机还不能消化《老子》，那就得自己读。这样的书越少越好。封建社会用"过去"进行教育，资本主义用"现在"，社会主义最有前途，应当是着重用"未来"进行教育，那么就更应当设法早些在少年时结束对过去的温习了。

一个大问题是，这类浓缩维他命丸或和"太空食品"一样的书怎么消化？这些书好比宇宙中的白矮星，质量极高，又像堡垒，很难攻进去，也难得密码本。古时无论中外都是小时候背诵，背《五经》，背《圣经》，十来岁就背完了，例如《红与黑》中的于连。现在怎么能办到呢？看样子没有"二道贩子"不行。不要先单学语言，书本身就是语言课本。古人写诗文也同说话一样是让人懂的。读书要形式内容一网打起来，一把抓。这类书需要有个"一揽子"读法。要"不求甚解"，又要"探骊得珠"，就是要讲效率，不浪费时间。好比吃中药，有效成分不多，需要有"药引子"。参观要有"指南"。入门向导和讲解员不能代替参观者自己看，但可以告诉他们怎么看和一眼看不出来的东西。我以为现在迫切需要的是生动活泼、篇幅不长、能让孩子和青少年看懂并发生兴趣的入门讲话，加上原书的编、选、注。原书要标点，点不断的存疑，别硬断或去考证；不要句句译成白话去代替；不要汪得太多；不要求处处都懂，那是办不到的，章太炎、王国维都自己说有一部分不懂；有问题更好，能启发读者，不必忙下结论。这种入门讲解不是讲义、教科书，对考试得文凭毫无帮助，但对于文化的普及和提高，对于精神文明的建设，大概是不无小补的。这是给大学生和研究生做的前期准备，节省后来补常识的精力，也是给工人、农民、知识分子放眼观世界今日文化全局的一点补剂。我很希望有学者继朱自清、叶圣陶先生以《经典常谈》介绍古典文学之后，不惜挥动如椽大笔，撰写万言小文，为青少年着想，讲一讲古文和古书以及外国文和外国书的读法，立个指路牌。这不是《经典常谈》的现代化，而是引导直接读原书，了解其文化意义和历史作用，打下文化知识基础。若不读原书，无直接印象，虽有"常谈"，听过了，看过了，考过了，随即就会忘的。"时不我与"，不要等到二十一世纪再补课了。那时只怕青年不要读这些书，读书法也不同，更来不及了。

（选自《读书》1984年第11期）

谈读书和"格式塔"

金克木

现在人读书有个问题：书越来越多，到底该怎么读？

汉朝人东方朔吹嘘他"三冬，文史足用"。唐朝人杜甫自说"读书破万卷"。宋朝以后的人就不大敢吹大气了。因为印刷术普及，印书多，再加上手抄书，谁也不敢说书读全了。于是只好加以限制，分出"正经书"和"闲书"，"正经书"中又限制为经、史，甚至只有"九经、三史"要读，其他书可多可少了。

现在我们的读书负担更不得了。不但要读中国书，还要读外国书，还有杂志、报纸，即使请电子计算机代劳，我们只按终端电钮望望荧光屏，恐怕也不行。一本一本读也不行，不一本一本读也不行。总而言之是读不过来。光读基本书也不行：数量少了，质量高了，又难懂，读不快，而且只是打基础不行，还得盖楼房。怎么办？不说现代书，就说中国古书吧，等古籍整理出来不知何年何月，印出来的只怕会越多而不是越少，因为许多珍贵古籍和抄本都会印出来。而且古书要加上标点注释和序跋之类，原来很薄的一本书会变成一本厚书。古书整体并没有死亡，现在还在生长。好像数量有限度，其实不然。《易经》《老子》从汉墓里挖出了不同本子。《红楼梦》从外国弄回来又一个抄本。难保不再出现殷墟、敦煌、吐鲁番之类。少数民族有许多古书还原封未动，或口头流传。古书像出土文物，有增有减，现在是增的多减的少。也许理科的情况好些，不必再去读欧几里得、哥白尼、牛顿的原著了，都已经现代化进了新书里了；可是新书却多得惊人，只怕比文科的还生长得快。其实无论文理法工农医哪一行，读书都会觉得忙不过来吧？何况各学科的分解、交叉、渗透越来越不可捉摸，书也跟着生长。只管自己一个研究题目，其他书全不看，当然也可以，不过作为一个社会活动中的人若总是好像"套中人"，不无遗憾吧？

现在该怎么读书？这个问题只怕还没到有方案要作可行性审议的时候。不过看来对这问题感到迫切的是成年人或则中年人。儿童和青少年自己未必有此感觉。他们读书还多半靠别人引导。一到成年，便算一进大学吧，开始有人会感觉到了，也未必都那么迫切。有幸进大学的人多半还忙于应付考试，其他人也忙于为各种目的而自学或就业，无暇也无心多读书。老年人还有那么大的好奇心和读书兴趣的怕不太多。

读书能力，至少是目力和记忆力，到老年也会大不如前了。所以书读不过来的问题只怕主要是从二十几岁到五六十岁以知识为职业的人的烦恼。实际上，范围恐怕还要小。从事某一专题研究的人未必都有此感觉。读书无兴趣的人也未必着急要读书。所以真正说来，这问题只是少数敏感的大约二十岁到四十岁的人感到迫切。对这些人讲读基本典籍当然对不上口径。这也许是有人想提倡读基本书而未得到响应的原因之一吧？书卖得多的未必读的人多，手不释卷的人也许手中是武侠和侦探小说或则试题答案，嚷没工夫读书的人说不定并不是急于读书，所以不见得需要讲什么读书方法和经验，不过闲谈几句读书似也无妨。

照我的想法，同是读书人，读同类的书，只讲数量，十八岁的不会比八十岁的读得多。这不成问题，所以刚上大学不必为不如老教授读书多而着急。应当问的是：自己究竟超过了那位八十岁的老人在十八岁时的情况没有？若是超过了或大致相等，就可放心；若是还不如，那就该着急了。不会件件不如，应当分析比较一下，再决定怎么办。读书还不能只比数量，还得比质量，读的什么书，读到了什么。我想，教书的人，特别是教大学的人，应当要求十八岁的学生超过十八岁的自己，不应当要求学生比上现在的自己。我教过小学、中学、大学，每次总觉得学生有的地方比我强。这自然是我本来不行之故，却也可供参考。我自己觉得有不如学生之处，也有胜过学生之处，要教的是后者，不是前者。也许这就是我多次教书都尚未被学生赶走之故吧？甚至还有两三次在讲完课后学生忽然鼓掌使我大吃一惊的事，其实那课上讲的并不是我有什么独到之处。由此我向学生学到了一点，读书可以把书当作教师，只要取其所长，不要责其所短。当然有十几年的情况要除外，正如有些书要除外一样。

话说回来，二三十岁的人如果想读自己研究以外的书，如何在书海之中航行呢？我的航行是迷了路的，不能充当罗盘。我也不知道有没有什么诀窍。假如必须说点什么，也许只好说，我觉得最好学会给书"看相"，最好还能兼有图书馆员和报馆编辑的本领。这当然都是说的老话，不是指现在的情况。我很佩服这三种人的本领，深感当初若能学到旧社会中这三种人的本领，读起书来可能效率高一点。其实这三样也只是一种本领，用古话说就是"望气术"。古人常说"夜观天象"，或则说望见什么地方有什么"剑气"，什么人有什么"才气"之类，虽说是迷信，但也有个道理，就是一望而见其整体，发现整体的特点。用外国话说，也许可以算是一八九〇年奥国哲学家艾伦费尔斯（Ehrenfels）首先提出来，后来又为一些心理学家所接受并发展的"格式塔"（Gestalt 完形）吧？二十世纪有不少哲学家和科学家探讨这个望其整体的问题，不过不是都用这个术语。从本世纪初到现在世纪末，各门学术，又是分析，又是综合，又是推理，又是实验，现在仿佛有点殊途同归，而且越来越科学化、数学化、哲学化了。这和技术发展是同步前进的。说不定到二十一世纪会像十九世纪那样出现新局面，使人类的眼光更远大而深刻，从而恢复自信，减少文化自杀和自寻毁灭。

（选自《读书》1986年第10期）

书呆子

——瓮牖剩墨之二

王　力

从来没有人给书呆子下过定义；普通总把喜欢念书而又不懂人情世故的人，叫作书呆子。

然而在这种广泛的定义之下，书呆子又可分为许多种类，甚至于有性质恰恰相反的。据我所知，有不治家人生产的书呆子，同时也有视财如命的书呆子；有不近女色的书呆子，同时也有"沙蒂主义"①的书呆子。

依我们看来，"呆"的意义范围尽可以看得更大些。凡是喜欢读书做文章，而不肯牺牲了自己的兴趣，和自己认为有意义的事业，去博取安富尊荣者，都可认为书呆子。依着这样说

---

① 英文 Sadism，色情狂。

法，世间的书呆子似乎不少；但若仔细观察，却又不像始料的那样多。世间只有极少数人能像教徒殉道一般地殉呆，至死而不变，强哉矫①。这种人可以称为"呆之圣者也"。又有颇少数的人，为饥寒所迫，不能不稍稍牺牲他们的兴趣，然而大体上还不至于失了平日的操守。这种人可以称为"呆之贤者也"。我们对于前者，固然愿意买丝绣之；对于后者，也并不忍苛责。波特莱尔②的诗有云："饥肠辘辘佯为饱，热泪汪汪强作欢；沿户违心歌下里，媚人无奈博三餐！"我们将为此种人痛哭之不暇，还能忍心苛责他们吗？

书呆子自有其乐趣，也许还可以说是其乐无穷。我没有达到纯呆的境界，不敢妄拟，怕的是唐突呆贤，污蔑呆圣。但是我敢断言，书呆子是能自得其乐的。不然则难道巢父③、许由④、务光⑤、严子陵⑥、陶渊明、林逋⑦一班人都是镇日价哭丧着脸不

———————

① 《中庸》："国无道，至死不变，强哉矫。"矫，强的样子。

② 法国诗人 Baudelaire（1821—1867）。

③ 相传尧时的隐士。

④ 同上。

⑤ 商汤让天下给务光，务光发怒不受。事见《庄子·外物》。

⑥ 东汉人，曾与光武帝刘秀为友，刘秀做皇帝后，便隐居不出。

⑦ 宋朝人，字君复，隐居西湖孤山，树梅养鹤。因此人们说他以梅为妻，以鹤为子。

成？只有冒充书呆子的人是苦的；身在黉宫[①]，心存廊庙[②]；日谈守黑[③]，夜梦飞黄。某老同学新膺部长，而自顾故我依然，不免一气；某晚辈扶摇直上，而自己则曳尾涂中[④]，又不免一气。蠖屈[⑤]非不求伸，但是，待字闺中二十年，为免"千拣万拣，拣个破油盏"之诮，实有不能随便出阁的苦衷。这种坐牢式的生活，其苦可想而见。

事实上，做书呆子也是很难的。即使你甘心过那种"田园一蚊睫，书卷百牛腰"[⑥]的生活，你的父母、兄弟、妻子，以至表兄的连襟的干儿子，却都巴望你"朝为田舍郎，暮登天子堂"。苏秦奔走七国，凭着寸厚的脸皮去碰了许多钉子，固然因为他自己热衷利禄，却也有几分是由于他有一个不下机的妻，一个不为炊的嫂和一对不以为子的父母。《晋书·王戎传》里说，"衍

---

① 古时的学校。黉，音 hóng。

② 指朝廷。

③ 《老子》："知其白，守其黑，为天下式。"指安于默默无闻。

④ 语见《庄子·秋水》，原比喻自由的隐居生活，这里指没有做官。曳，音 yè，拖着。涂，泥。

⑤ 《周易·系辞》："尺蠖之屈，以求信也。"比喻人不得志。蠖，尺蠖，虫名。信，同伸。

⑥ 蚊睫，蚊子的睫毛，比喻极小的处所。百牛腰，指书多得像百牛的腰。这两句指读书田园的隐士生活。语见宋周孚《赠萧光祖》诗。

口未尝言钱，妇令婢以钱绕床下，衍晨下，不得出，呼婢曰，举却阿堵物。"咱们知道，王衍初官元城令，累迁至司徒，岂是讨厌铜臭的人物？也许他本来就是一个假书呆子。但也有另一种可能性，就是贤内助的熏陶既久，一朝恍然大悟，于是鄙薄巢由①，钦崇石邓②，前后判若两人。由此看来，若真要做一世的书呆子，而不中途失节，古井兴波③，至少须得找一个女书呆子来做太太，那位"不因人热"④的梁鸿，假使没有一个"鹿车共挽"⑤的孟光来和他搭配，他究竟能够安然隐居于霸陵山吗？

抗战以来，书呆子的外界刺激确是更多了。在这大学教授的收入不如一个理发匠，中学教员的收入不如一个洋车夫的时代，更显得书呆子无能。汽车司机是要经过相当训练的，而且须是年富力强，有些书呆子干不了，那是可原谅的。但是，连汽车公司的买办和转运公司的掌柜也都做不来吗？经济系的毕

---

① 即巢父、许由。

② 晋石崇、汉邓通，都非常富有。

③ 唐朝孟郊有"妾心古井水，波澜誓不起"的诗句。这句话用来指不能坚持到底。

④ 《东观汉记·梁鸿传》："童子鸿不因人热者也。"这里指不依赖别人。

⑤ 指夫妻和睦、互相帮助。鹿车，古时的一种小车。《后汉书·鲍宣妻传》："妻乃……与宣共挽鹿车归乡里。"

业生走仰光，月入二千元；化学系的学生入药厂，月入一千元；工科的学生入交通界或工厂，月入五六百元至一二千元不等；而他们的老师的收入却都几乎不能糊口，"饱"还勉强，"温"则大有问题。弟子能做的事老师也该能做："是不为也，非不能也"，这又无非是呆的表现。一位中学教员告诉我，他们学校的一个工友有了高就，是迤西某厂的什么长，月薪三百元，津贴在外。另一位朋友告诉我，迤西某厂的厨子月薪千元，供膳宿（世间哪有不供膳宿的厨子？）。教育界中会做饭菜的人不少，然而没有听见他们当厨子去，这恐怕是许多人所不能了解的。

我说抗战以来书呆子的刺激更多，并不是说他们看见别人发财，由羡生妒，由妒生恨。假使是这样，他们也就不成其为书呆子了。甚至于受了挑扁担的张三或做小工的李四的奚落，如果你是一个呆圣，也没有可以生气的理由。最堪痛哭者还是亲人的怨怼。甲先生的家里说："人家小学未毕业，现在做了某某处的营业部长，已经赚了几十万了，你在外国留学十年，现在不过做个穷教授！"乙先生的家里说："李阿狗一个字不认得，现在专走广州湾挑扁担，已有几千元的积蓄了；你是大学毕业生，现在却连父母都养不起！"学位和金钱似乎没有必然的联系，然而家里人并不和你讲逻辑，反正供给你读了十余年以至二十余年的书是事实，而你现在非但不能翻本，连利息都赚不够也是事实。

太太和先生的志同道合也是有限度的。正在三旬九食^①，仰屋^②踟蹰之际，忽然某巨公三顾茅庐，太太拔钗沽酒，杀鸡为黍，兴高采烈，如见窖金。等到先生敬谢不敏之后，某巨公一场扫兴还是小事，心上人珠泪盈眶，虽呆圣亦岂能无动于衷？至于兼课兼事，在这年头儿，更是无伤于廉，然而竟有辞绝不干者，其愚尤不可及。太太的埋怨，除了和他一样呆的人外，谁不表示同情？所以我们说，这年头儿的书呆子加倍难做。"时穷节乃见"^③，咱们等着瞧那一班自命为书呆子的人们，谁能通过大时代的试金石。

一九四二年《星期评论》

（选自《龙虫并雕斋琐语》，中国社会科学出版社，1982年版）

---

① 指生活艰辛，得食很难。《说苑·立节》："子思居于卫，缊袍无表，二旬而九食。"

② 指没有办法，只有在屋里仰头长叹。语见《宋史·富弼传》。

③ 文天祥《正气歌》："时穷节乃见，一一垂丹青。"

战时的书

——瓮牖剩墨之四

王 力

　　如果说梅和鹤是隐士的妻和子，那么，书该是文人的亲挚的女友。抗战以前，靠粉笔吃饭的人虽然清苦，也颇能量入为出，不至于负债；如果负债的话，债主就是旧书铺的老板。这种情形，颇像为了一个女朋友而用了许多大可不必用的钱。另有些人把每月收入的大半用于买书，太太在家里领着三五个小孩过着极艰难的日子，啃窝窝头，穿补丁衣服。这种情形，更像有了外遇，但见新人笑，不闻旧人哭了。

　　依照文人的酸话，有书胜于有钱，所以藏书多者称为"坐拥百城"，读书很多者为"学富五车"。有些真正有钱的人虽然胸无点墨，也想附庸风雅，大洋楼里面也有书房，书房里至少有一部四部丛刊或万有文库，可见一般人对于书总还认为一种点缀品。当年我们在清华园的时候，有朋友来参观，我们且不领他们去欣赏那地板光可鉴人，容得下千人跳舞的健身房，却先领他们去瞻仰那价值十万美金的书库。"满目琳琅"四个字决不是过度形容语。那时节，我们无论是学生，是教员，大家都觉得学校的"百城"就是我们的"百城"，有了这么一个图书馆，我们的五车之富是唾手可致了。

到如今，我们是出了象牙之塔！每月的薪水买不到两石米固然令我们叹气，但是失了我们的"百城"更令我们伤心。非但学校的书搬出来的甚少，连私人的书也没法子带出来。如果女友的譬喻还算确切的话，现在不知有多少人在害着相思病！"刘郎已恨蓬山远，更隔蓬山一万重"，未免有情，谁能遣此？回首前尘，实在是不胜今昔之感。

固然书籍的缺乏也有好处，我们可以从此专治一经，没有博而寡要的毛病了。但是，大学生正在求博贵于求精的时代，我们怎好叫他们也专治一经？照例，在每一门功课的开始，应该开列给学生们一个参考书目；但是，现在如果照当年那样地开列一个参考书目，就只算是向他们夸示你曾经读过这些书，实际上并没有丝毫的益处。倒不如索性凭着你肚子里能记得多少，就传给他们多少。他们对你这个"书厨"自然未必信任，因为一个人无论怎样博闻强记，对于他所读过的书也不免"时得一二遗八九"；然而欢迎这种办法者不乏其人，因为考试的范围不会再超出那寥寥几十页的笔记了。专制时代有"朕即天下"的说法，现在靠粉笔吃饭的人可以说"朕即学问"。我们应该因此自负呢，还是清夜扪心，不免汗流浃背呢？

现在后方的书籍实在少得可惊。西书固然买不着，中文书籍可读的也缺乏得很。新书固然不多，木版的线装书却更难找。譬如要买一部《十三经注疏》，就要看你的命运！近来更有令人伤心的现象，连好些的中英文字典都缺货了。书店里陈列着的都是一些《大纲》《一月通》《大学试题》和许多《八股》。从前贫士们买不起书籍，还可以在书摊上"揩油"。一目十行，也就踌躇满志。现在呢？书摊上几乎可以说是没有"揩油"的价值，然而贫士们积习难除，每逢经过书店的时候，也还是忍不住走进去翻翻，这正是所谓过屠门而大嚼，虽不得肉，贵且快意罢了。

书摊上摆的都是小册子，一方面适合读者的购买力，一方面又是配合战时一般人的功利思想。大家觉得，在这抗战时期，咱们所读的书必须与抗战有关；和抗战没有直接关系的书自然应该束诸高阁。大家又觉得，抗战时期读书要讲效率，要在短期内，上之做到安邦定国的地步，下之亦能为社会服务，间接有功于国家。古人把书籍称为"书田""经畲"之类是拿耕种来比读书，必须"三时不害"①，然后可望五谷丰登。现代的人把

----

① 指不伤害农时。三时指春秋三季。《左传·桓公六年》："谓其三时不害而民和年丰也。"

书籍称为"精神食粮"，是不肯耐烦耕种，只希望书籍能像面包一般地，吃下去即刻可以充饥。今天念了一本《经济学讲话》，明天就成为一个经济学家；今天念了一本《怎样研究文学》，明天就成为一个文学家；今天念了一本《新诗作法》，明天就成为一个诗人。平时如此，战时尤其如此。"食粮"！"食粮"！世上多少自欺欺人的事假借你的名义而行；现在大家嚷着精神食粮缺乏，自然是事实，然而像现在这种小册子再加上十倍，恐怕也是救不了真正读书人的饥渴。

同时，书籍的印刷也呈现空前的奇观。墨痕尚湿，漫漶^①过于孔宙之碑^②；纸色犹新，断烂犹如汲冢之简^③。这还可说是为暂时物力所限，无可奈何；然而人力似乎也和物力相配而行。出版家好像是说：恶劣的纸墨如果配上优秀的手民^④和校对员，好像骏马驮粪，委屈了良材，又像梅兰芳穿上了天桥旧戏衣，唱破了嗓子也是白费力气！倒不如索性马虎到底，反正有"国难"二字可以借口的。这一来，作者和读者们可就苦了。在作

---

① 指字迹不清。苏轼有"图书已漫漶"的诗句。

② 汉朝泰山都尉孔宙的墓碑，存曲阜孔庙，字已多不清。孔宙，孔融之父。

③ 晋朝汲郡古墓中出土的先秦古简。

④ 指排字工人。

者方面，虽则推敲曾费九思[1]；在手民方面，却是虚虎不烦三写[2]！至于英文的排印，就更令人啼笑皆非。非但字典里没有这个词，而且根本没有这种拼法！呕尽了心血写成了一篇文章或一部书，在这年头儿能够发表或出版，总算万幸，所以看见了自己的文章印出来没有不快活的。但是，看见了排错一个字，就比被人克扣了一半的稿费还更伤心；若看见排错了十个字，甚至于后悔不该发表或出版。要求更止吗？非但自己不胜其烦，而且编者也未必同情于你这种敝帚自珍的心理。说到读者方面，感想又不相同。偶然有人趁此机会攻击作者，硬说手民之误是作者自己的错误，不通；然而就一般情形而论，都没有这种落井下石的心理，不过大家感觉得不痛快，因为须得像猜诗谜一般地，费尽心思去揣测原稿写的是什么字。总之，喜欢完善自是人情之常；非但作者和读者们，连编者也何尝愿意看见自己所编的刊物满纸都是误排的字呢？在以前，被人看重的刊物往往经过三次的校对；现在戎马倥偬之际，找得着一个印刷所肯承印已经是不容易了，谁敢再提出校对三次的要求？这样说来，校对的不周到仍旧是受了战事的影响。

这个时代是文人最痛苦的时代。别人只是劳其筋骨，饿其

---

① 　指反复地多方面的考虑。《论语·季氏》："君子有九思。"

② 　《抱朴子·遐览》："书三写，鱼成鲁，虚成虎。"指字形相近的字，经过多次传抄，容易写错。

体肤，文人除此之外还有一种更大的悲哀，就是求知欲不得满足。伴着求知欲的还有对于书籍的一种美感，例如古色斑斓的宋版书和装潢瑰丽的善本书等，都像古代器皿一般地值得把玩，名人字画一般地值得欣赏。所以藏书是种需要，同时也是一种娱乐。现在因为书籍缺乏，我们的需要不能满足；印刷恶劣，我们的娱乐更无从获得。我们在物质的享受上虽是"竹篱茅舍自甘心"[①]，然而在精神的安慰上却不免常做仰视千七百二十九鹤[②]的美梦。我们深信这美梦终有成为事实的一日，不过现在我们只好暂时忍耐罢了。

一九四二年《中央周刊》

（选自《龙虫并雕斋琐语》，中国社会科学出版社，1982年版）

[①]　宋·王淇《梅》："不受尘埃半点侵，竹篱茅舍自甘心。"

[②]　清朝赵之谦做梦进入鹤山，仰见一千七百二十九鹤，惊醒，因此把他辑刊的丛书命名为《仰视千七百二十九鹤斋丛书》。

书痴

叶灵凤

不久以前，我从辽远的纽约买来了一张原版的铜刻，作者麦赛尔（Mercier）并不是一位怎样了不起的版画家，价钱也不十分便宜，几乎要花费了十篇这样短文所得的稿费，这在我当然是过于奢侈的举动，然而我已经深深地迷恋着这张画面上所表现的一切，终于毫不踌躇地托一家书店去购来了。

这张铜刻的题名是《书痴》。画面是一间藏书室，四壁都是直达天花板的书架，在一架高高梯凳顶上，站着一位白发老人，也许就是这间藏书室的主人，他胁下夹着一本书，两腿之间夹着一本书，左手持着一本书在读，右手正从架上又抽出一本。天花板上有天窗，一缕阳光正斜斜地射在他的书上，射在他的身上。

麦赛尔的手法是写实的，他的细致的钢笔，几乎连每一册书的书脊都被刻画出了。

这是一个颇静谧的画面。这位藏书室的主人，也许是一位退休的英雄，也许是一个博学无所精通的涉猎家，晚年沉浸在寂寞的环境里，偶然因了一点感触，便来发掘他的宝藏。他也许有所搜寻，也许毫无目的，但无论怎样，在这一瞬间，他总是占有了这小小的世界，暂时忘记了他一生的哀乐了。

读书是一件乐事，藏书更是一件乐事。但这种乐趣不是人人可以获得，也不是随时随地可以拈来即是的。学问家的读书，抱着"开卷有益"的野心，估量着书中每一个字的价值而定取舍，这是在购物，不是读书。版本家的藏书，斤斤较量着版本的格式，藏家印章的有无，他是在收古董，并不是在藏书。至于暴发户和大腹贾，为了装点门面，在旦夕之间便坐拥百城，那更是书的敌人了。

真正的爱书家和藏书家，他必定是一个在广阔的人生道上尝遍了哀乐，而后才走入这种狭隘的嗜好以求慰藉的人。他固然重视版本，但不是为了市价；他固然手不释卷，但不是为了学问。他是将书当作了友人，将读书当作了和朋友谈话一样的一件乐事。

正如这幅画上所表现的一样，这间藏书室里的书籍，必定是辛辛苦苦零星搜集而成。然后在偶然的翻阅之间，随手打开一本书，想起当日购买的情形，便像是不期而然在路上遇见一位老友一样。

古人说水火和兵燹是图书的三厄，再加上遇人不淑，或者竟束之高阁。所以一册书到手，在有些人眼中看来正不是一件易事，而这乱世的藏书，更有朝不保暮之虞。这种情形之下，想到这幅画上的一切，当然更使人神往了。

（选自《读书随笔》一集，生活·读书·新知三联书店，1988年版）

书斋趣味

叶灵凤

在时常放在手边的几册爱读的西洋文学书籍中，我最爱英国薄命文人乔治·季辛的晚年著作《越氏私记》。因为不仅文字的气氛舒徐，能使你百读不厌，而且更给为衣食庸碌了半生的文人幻出了一个可羡的晚景。此外，关于购买书籍的几章，写着他怎样空了手在书店里流连不忍去的情形，也使我不时要想到了自己。

十年以来，许多年少的趣味都逐渐灭淡而消失了，独有对于书籍的爱好，却仍保持着一向的兴趣，而且更加深溺了起来。我是一个不能顺随我买书的欲望任意搜求的人，然而仅仅是这目前的所有，已经消耗我几多可惊的心血了。

偶一回顾，对于森然林立在架上的每一册书，我不仅能说出它的内容，举出它的特点，而且更能想到每一册书购买时的情形，购买时艰难的情形。正如季辛所说，为了精神上的粮食，怎样在和物质生活斗争。

对于人间不能尽然忘怀的我，每当到了无可奈何的时候，我便将自己深锁在这间冷静的书斋中，这间用自己的心血所筑成的避难所，随意抽下几册书摊在眼前，以遣排那些不能遣排的情绪。

在这时候，书籍对于我，便成为唯一的无言的伴侣。他任我从他的蕴藏中搜寻我的欢笑，搜寻我的哀愁，而绝无一丝埋怨。也许是因了这，我便钟爱着我的每一册书，而且从不肯错过每一册书可能的购买的机会。

对于我，书的钟爱，与其说由于知识的渴慕，不如说由于精神上的安慰。因为摊开了每一册书，我不仅能忘去了我自己，而且更能获得了我自己。

在这冬季的深夜，放下了窗帘，封了炉火，在沉静的灯光下，靠在椅上翻着白天买来的新书的心情，我是在寂寞的人生旅途上为自己搜寻着新的伴侣。

（选自《读书随笔》一集，生活·读书·新知三联书店,1988年版）

书痴

黄　裳

　　看题目，这好像是从《聊斋志异》上抄了来的。一个年青的读书人废寝忘食地在书斋里读书，半夜里，一张少女漂亮的脸在窗外出现了……后来，自然要有一段曲折、甜蜜的恋爱生活，然后，书生得到少女的帮助，终于考中了状元，做了大官。……

　　自然，这不过是说笑话。蒲松龄的思想境界是不至如此低下的。但在风起云涌继《聊斋志异》而出现的什么《夜谈随录》《夜雨秋灯录》之类的作品里，这样的故事就不只是可能、而且是必然要出现的了。在那样的社会里，"书中自有黄金屋；书中自有颜如玉；书中自有千钟粟……"的"美妙"幻想，在读书人的头脑里，简直是独霸着的，这就使他们不能不整天价做着此类的白日好梦，也自然要进而写进他们的创作中间。

　　不过关于读书人真实的并非捏造的故事，也是有的。如果图便捷，不想翻检许多书本，我想，叶昌炽的《藏书纪事诗》是可以看的。

叶昌炽辛苦地从大量原始记录中搜罗了丰富的材料，依时代次序，把许多著名藏书家的故事编缀在一起，是煞费苦心的。他的书在这一领域不愧是"开山之作"，过去还没有谁就此进行过系统的研究。

叶昌炽的书另一值得佩服的特点是，他在取材时尽量选取的是那种"非功利性"的读书人的故事，因而也较少封建气息的污染。当然这也只能是相对而言。和"为艺术而艺术"一样，百分之百的"为读书而读书"是不存在的。读书，无论在什么时代，总都有它的目的性。但取舍之间，不同作者的眼光是大不相同的。我想这和叶昌炽自己就是一个生性恬淡，习惯于寂寞的研究，因而热爱书本的书呆子不无关系。

如果想探索一下，是什么促使人们热爱书本，那原因看来也只能归结为强烈的求知欲。司马光是爱书的，他所藏的万余卷文史书籍，虽然天天翻阅，几十年后依然还像"新若手未触者"一样。他对自己的儿子说过，"贾竖藏货贝，儒家惟此耳。"这是很坦率的话。书是知识分子的吃饭家伙，是不能不予以重视的。这里我把"儒家"译为知识分子，和"四人帮"的政客的解释是不同的。虽然在政治上司马光和王安石是对立的，但他这里所谓"儒家"看来也只是封建社会读书人的泛称，并没有什么格外的"深意"。

司马光自然并不是"为读书而读书"的人，他编写《通鉴》的目的是为了"资治"，一点都不含糊。他的得力助手刘恕也是一位藏书家，他受司马光的委托，经常走几百里路访问藏书家，阅读抄写。一次，他到宋次道家看书，主人殷勤招待。刘恕却说，"此非吾所为来也。殊费吾事"，"悉去之，独闭阁昼夜口诵手抄，留旬日，尽其书而去，目为之臀"。

也是宋代的著名诗人尤袤，则公然声明他的藏书的目的是"饥读之以当肉，寒读之以当裘。孤寂而读之以当友朋，幽忧而读之以当金石琴瑟也"。这个著名的声明，出之诗人之口，很有点浪漫主义的味道。他是道出了"为读书而读书"的真意的。近代著名学人章钰为自己的书斋取名"四当斋"，就是出典于此。

书籍是传播知识的工具，在知识还是私有的时候，知识分子对书的争夺是不可避免的。于是有许多见不得人的勾当干出来了。有一些还被传为"美谈"，其实正是丑史。过去的藏书家喜欢在自己的藏书上加印。除了名号之外，也还有一种"闲章"，有时要长达数十百字，就等于一通宣言。从这些印章中，很可以窥见藏书家的心思。

陈仲鱼有一方白文印，"得此书，费辛苦。后之人，其鉴我。"这是很有名的印记，读了使人有一种无可奈何的印象，觉得陈仲鱼是挺可怜的。他这里所说的后人，并非指自己的子孙，而是后来得到他所藏书籍的人。在这一点上，他还是明智的，比有些人要高明得多。风溪陶崇质"南村草堂"藏书，每每钤一楷书长印，文云，"赵文敏公书跋云：'聚书藏书，良匪易事。善观书者，澄神端虑，净几焚香。勿卷脑，勿折角，勿以爪侵字，勿以唾揭幅，勿以作枕，勿以夹策。随开随掩，随损随修。后之得吾书者，并奉赠此法。'陶松谷录。"这也是很通脱的。爱书，但私有观念并不怎样浓重，是很难得的。明代著名藏书家、澹生堂主人祁承㸁的印记则说，"澹生堂中储经籍，主人手校无朝夕。读之欣然忘饮食，典衣市书恒不给。后人但念阿翁癖，子孙益之守弗失。"则已明显地露出了贪惜之念，而且要向子孙乞怜，把希望寄托在他们身上，结果当然是失望。祁家的藏书后来被黄梨洲、吕晚村大捆地买去，吕还为此作了两首诗，其一云，"阿翁铭识墨犹新，大担论斤换直银。说与痴儿休笑倒，难寻几世好书人。"说了一通风凉话，却料不到他自己连同所藏书籍的命运比祁氏还要来得悲惨。

清末浙东汤氏藏书也有一方大印，"见即买，有必借，窘尽卖。高阁勤晒，国粹公器勿污坏。"说得更是开脱，而且毫不讳言，必要的时候尽可卖掉。这就分明可以看出，到了封建社会的晚期，"子孙世守"那样的观念已经日趋淡薄，而书籍作为商品，在读书人心目中的地位也已大大改变了。

但在明代或更早，这种通脱的意见是难以遇见的。著名的天一阁，就历世相传着极严格的封建族规。藏书应怎样保管，要经过怎样烦难的手续才能看书……都规定得十分明确。有清一代，有许多著名的学者想登阁观书都被回绝，这样的纪事是很多的。约略与范钦同时的苏州著名藏书家钱榖有一方印记则说，"卖衣买书志亦迂，爱护不异随侯珠。有假不返遭神诛，子孙鬻之何其愚。"就大有咬牙切齿之意。钱叔宝是一位贫老的布衣，也是真正爱书、懂得读书的人，他的这种愤激的言辞是可以理解的。说得更为可怕的是明末清初宁波的万贞一（言），他是万斯同的侄辈。我买到他的藏书，读到他手钤的藏印时，是吃了一惊的。他说，"吾存宁可食吾肉，吾亡宁可发吾椁。子子孙孙永勿鬻，熟此自可供饘粥。"在我浅薄的见闻中，像这样说得斩钉截铁、血肉模糊的可再也没有了。

为了保护藏书，一方面是训斥子孙，另一面则是威胁买主。可以作为代表的是另一方大印，不过已说不清是否是钱叔宝的手笔了。"赵文敏公书卷末云：吾家业儒，辛勤置书。以遗子孙，其志何如。后人不读，将至于鬻。颣其家声，不如禽犊。苟归他室，当念斯言。取非其有，无宁舍旃！"

话虽如此，有些人肚里明白，他们寄以殷切期望的孝子贤孙往往是靠不住的。明代的杨循吉年老时就将所藏书散给了亲戚、故旧，同时还恨恨地声明："令荡子孱妇无复着手，亦一道也。"他大概看够了官僚地主家庭子孙"不肖"的实例，才想出了这一条计。他是隐约地看出了"君子之泽、五世而斩"的规律的，自然并不明白那原因。

以上通过几方藏书图记，约略勾画了藏书家愉快、痛苦交错的矛盾心情。这些位，如称之为"书痴"，大概是并无不合的。当然具有较为高明的识见者也不是没有。明末的姚叔祥就说过"盖知以秘惜为藏，不知以传布同好为藏耳"这样的话，是很有见地的。可惜的是并不多见。

一九七九年十二月廿日

（节选自《读书》1980年第3期）

我之于书

夏丏尊

　　二十年来，我生活费中至少十分之一二是消耗在书上的。我的房子里比较贵重的东西就是书。

　　我一向没有对于任何问题做高深研究的野心，因之所买的书范围较广，宗教、艺术、文学、社会、哲学、历史、生物，各方面差不多都有一点。最多的是各国文学名著的译本，与本国古来的诗文集，别的门类只是些概论等类的入门书而已。

　　我不喜欢向别人或图书馆借书。借来的书，在我好像过不来瘾似的，必要是自己买的才满足。这也可谓是一种占有的欲望。买到了几册新书，一册一册地加盖藏书印记，我最感到快悦的是这时候。

　　书籍到了我的手里，我的习惯是先看序文，次看目录。页数不多的往往立刻通读，篇幅大的，只把正文任择一二章节略加翻阅，就插在书架上。除小说外，我少有全体读完的大部的书，只凭了购入当时的记忆，知道某册书是何种性质，其中大概有些什么可取的材料而已。什么书在什么时候再去读再去翻，连我自己也无把握，完全要看一个时期一个时期的兴趣。关于这事，我常自比为古时的皇帝，而把插在架上的书譬诸列屋而居的宫女。

我虽爱买书，而对于书却不甚爱惜。读书的时候，常在书上把我所认为要紧的处所标出。线装书大概用笔加圈，洋装书竟用红铅笔画粗粗的线。经我看过的书，通体干净的很少。

据说，任何爱吃糖果的人，只要叫他到糖果铺中去做事，见了糖果就会生厌。自我入书店以后，对于书的贪念也已消除了不少了，可是仍不免要故态复萌，想买这种，想买那种。这大概因为糖果要用嘴去吃，摆存毫无意义，而书则可以买了不看，任其只管插在架上的缘故吧。

（选自1933年《中学生》第39号）

版本小言

阿　英

　　近来颇有人谈论"版本"，在《太白》上，就有过两篇。一是藏书家周越然所作，好像是拿女人的美丑，来和版本做对比。后一篇，是周氏的反对论者，说这样的比拟，是不当的。版本，对于一个人研究学问，究竟有着怎样的意义，值得大家如此津津有味地谈论着呢？

　　版本是一种专门的学问，是可以成"家"的。据我所知，上海的大藏书家——银行家、军阀、官僚、暴发户——大都是聘有版本的顾问。这些顾问，对于版本学，至少有二三十年的研究。一书到手，他可以告诉你这是什么时候的刻本，多见少见，原刻，翻刻，有无他种好的，或者坏的刻本，卷数是否完全，以及价值几何等等。不经这些专家的过目，大价钱的书，他们是不敢收买的。不过他们虽懂得版本，却不懂得学问，书的内容的好坏。做这种顾问的，大都是旧书店的老板，算是一种兼职。他们对于藏书家的责任，一是作为版本的顾问，二是代为访书。工作的时间很少，薪金每月总要百元以上。也有常川请不起，临时聘任的，酬金高时，每天要五十两银子，还不能确定他替你看多少部书。胡适之就曾因不肯出五十两一天，而遭"我的朋友"一个版本家的拒绝。因为他们各人的肚皮里有一部书目，甚至记到全书有若干卷，若干页，页多少行，行多少字，不假思索地讲给你听。他们有你从任何"书目"上找不到的知识。

可惜他们不懂得学问。其实，懂得学问的人，也就不一定懂得版本。暴发户银行家之流，并非为学问而买书，我们不妨把他们搁在一边。版本对于学术的研究，是极有关系的。除掉字体的美丑、版式和字的大小不说，好的版本，错字就不会怎样多，由作者自己校时，或当时名家负责校对，是比一般本子可靠的。但"善本"也不一定是初刻，有时复刻本，因作者删改增补过，或者复刻者精细地校阅音注过，会比原刻，或原作者刻，是更为优胜的，翻刻本虽也算是复刻，却比较的不可靠。这一类的本子，大概是用原刻本逐页地贴在木板上重雕，字体、格式、行数、字数，完全的相同，不拿原刻从笔画粗细等方面去对比，简直看不出来，然而常常的刻错。大概每一种本子，错误处总有不同；经过作者删改的复刻本的文字内容，在读者看来，也不一定就比初稿优胜；这就有搜集多种版本来互相参校的必要了。至于断句本与不断句本，名家手批校阅本，对于研究者，同样的有很大的关系。一字之差，会使文句的意思变质，要免除这种缺点，是非寻求"善本"不可的。

怎样的认识版本呢？这不是在纸上可以谈得好的，一半要靠实际的经验。从字体上可以看到版本的时代，从纸张上也可看得出，从缺笔上可以使你懂得，从内容上，校刻者方面，一样的会给你知道。同时，从这些方面，也能以使你不懂得。因为字体可以模仿，前一代的版子可以后一代印，缺笔可以作假，人名可以借托，内容也并非不能作弊。而且两代过渡期间，刻板的风气上没有多大的变化，尤难以分清；看序文上的年月，是不见得可靠的。说到"抄本"，也是容易被蒙过，究竟有过刻本没有，这是要用你的经验与研究来决定；什么时候的抄本，也要你会看，譬如纸色，卖书的人就会"做旧"。抄本之外，还有一种"禁毁本"，这应该是容易认的了，我们有的是"禁书目录"，所以得到帮助，然而一样是不竟然。"全毁"的本子容易知道，"抽毁"的本子，就有点不易，也许你买的一部，就是不完备，被抽去几篇，或一部分，而重印了目录，而重订起的。版本学问之难，于此可以概见了吧。所以，我现在在谈版本，实际上，我还是不懂得的，"我的朋友"，上海最有名的版本专家，他就屡次地告诫我，要我在买大价钱书时，先把"头本"送给他看看，免得上当。

旧书固然如此，新书又何独例外？版本对于新书，是一样有道理的。原则是写在上面了，这里只要举几个实例。譬如郭译的《少年维特之烦恼》，泰东的初译本，就远不如创造社的订正复刊，而现代本虽是创造社所藏版，装帧上却远不如创造。郭著《水平线下》，虽只有创造本，但实质上是有两种的，一有下编《盲肠炎》，一则没有。最近，于冷摊上买到鲁迅和周作人在日本做学生时印的《域外小说集》，虽内容和群益刊本相同，但当看到首页"会稽周氏弟兄纂评"，版权页上的"发行人周树人""总发行处上海广昌隆绸缎庄"，及预告的安特来夫《红笑》作《赤咲记》，来尔孟多夫《当代英雄》作《并世英雄传》等等，却感到，这一本书的获得，是另外有着意义的。初版本较之重版本好的也有，茅盾的《子夜》《散文集》即是。托名的一样的有。至于名同而实不同，如《金瓶梅》的数种本子，《山中一夕话》的数种本子，在新书中似乎还不曾见到过。而在军阀时代，《东方杂志》的政治论文有"南方版""北方版"，内容迥然不同，晓得的人大概也不多罢。注意版本，是不仅在旧书方面，新文学的研究者，同样的是不应该忽略的。

无论研究新旧学问，中外学问，对于版本，是应该加以注意的。你就是注意装帧，也是一样。徐志摩的《落叶》初版本，粘贴着的木刻似的封面画一，和后来的各版就不同。郭沫若的《落叶》，精装本的黄布面，是比各种版本美丽的。现在流行着签名本，希望得到作家手迹的人，当然也有用处，和曾由作者盖章发行的古书类似。至于新的禁版书，自费刻本，也许印得很少，也许将来难以得到，尤应加以注意。

一九三五年

（选自《夜航集》，上海良友图书印刷公司，1935年版）

论书生的酸气

朱自清

读书人又称书生。这固然是个可以骄傲的名字，如说"一介书生""书生本色"，都含有清高的意味。但是正因为清高，和现实脱了节，所以书生也是嘲讽的对象。人们常说"书呆子""迂夫子""腐儒""学究"等，都是嘲讽书生的。"呆"是不明利害，"迂"是绕大弯儿，"腐"是顽固守旧，"学究"是指一孔之见。总之，都是知古不知今，知书不知人，食而不化的读死书或死读书，所以在现实生活里老是吃亏、误事、闹笑话。总之，书生的被嘲笑是在他们对于书的过分的执着上；过分的执着书，书就成了话柄了。

但是还有"寒酸"一个话语，也是形容书生的。"寒"是"寒素"，对"膏粱"而言，是魏晋南北朝分别门第的用语。"寒门"或"寒人"并不限于书生，武人也在里头；"寒士"才指书生。这"寒"指生活情形，指家世出身，并不关涉到书；单这个字也不含嘲讽的意味。加上"酸"字成为连语，就不同了，好像一副可怜相活现在眼前似的。"寒酸"似乎原作"酸寒"。韩愈《荐士》诗，"酸寒溧阳尉"，指的是孟郊；后来说"郊寒岛瘦"，孟郊和贾岛都是失意的人，作的也是失意诗。"寒"和"瘦"映衬起来，够可怜相的，但是韩愈说"酸寒"，似乎"酸"比"寒"重。可怜别人说"酸寒"，可怜自己也说"酸寒"，所以苏轼有"故人留饮慰酸寒"的诗句。陆游有"书生老瘦转酸寒"的诗句。"老瘦"固然可怜相，感激"故人留饮"也不免有点儿。范成大说"酸"是"书生气味"，但是他要"洗尽书生气味酸"，那大概是所谓"大丈夫不受人怜"罢？

为什么"酸"是"书生气味"呢？怎么样才是"酸"呢？话柄似乎还是在书上。我想这个"酸"原是指读书的声调说的。晋以来的清谈很注重说话的声调和读书的声调。说话注重音调和辞气，以朗畅为好。读书注重声调，从《世说新语·文学篇》所记殷仲堪的话可见：他说，"三日不读《道德经》，便觉舌本闲强"，说到舌头，可见注重发音，注重发音也就是注重声调。《任诞篇》又记王孝伯说："名士不必须奇才，但使常得无事，痛饮酒，熟读《离骚》，便可称名士。"这"熟读《离骚》"该也是高声朗诵，更可见当时风气。《豪爽篇》记"王司州（胡之）在谢公（安）坐，咏《离骚》《九歌》'入不言兮出不辞，乘回风兮载云旗'，语人云，'当尔时，觉一坐无人'"。正是这种名士气的好例。读古人的书注重声调，读自己的诗自然更注重声调。《文学篇》记着袁宏的故事：

> 袁虎（宏小名虎）少贫，尝为人佣载运租。谢镇西经
> 船行，其夜清风朗月，闻江渚间估客船上有咏诗声，甚有
> 情致，所诵五言，又其所未尝闻，叹美不能已。即遣委曲
> 讯问，乃是袁自咏其所作咏史诗。因此相要，大相赏得。

从此袁宏名誉大盛，可见朗诵关系之大。此外《世说新语》
里记着"吟啸""啸咏""讽咏""讽诵"的还很多，大概也都
是在朗诵古人的或自己的作品罢。

这里最可注意的是所谓"洛下书生咏"或简称"洛生咏"。
《晋书·谢安传》说：

> 安本能为洛下书生咏。有鼻疾，故其音浊。名流爱其
> 咏而弗能及，或手掩鼻以效之。

《世说新语·轻诋篇》却记着：

> 人问顾长康"何以不作洛生咏？"答曰，"何至作老
> 婢声！"

刘孝标注，"洛下书生咏音重浊，故云'老婢声'。"所谓"重

浊"，似乎就是过分悲凉的意思。当时诵读的声调似乎以悲凉为主。王孝伯说"熟读《离骚》，便可称名士"，王胡之在谢安座上咏的也是《离骚》《九歌》，都是《楚辞》。当时诵读《楚辞》，大概还知道用楚声楚调，乐府曲调里也正有楚调，而楚声楚调向来是以悲凉为主的。当时的诵读大概受到和尚的梵诵或梵唱的影响很大，梵诵或梵唱主要的是长吟，就是所谓"咏"。《楚辞》本多长句，楚声楚调配合那长吟的梵调，相得益彰，更可以"咏"出悲凉的"情致"来。袁宏的咏史诗现存两首，第一首开始就是"周昌梗概臣"一句，"梗概"就是"慷慨""感慨"；"慷慨悲歌"也是一种"书生本色"。沈约《宋书》谢灵运传论所举的五言诗名句，钟嵘《诗品·序》里所举的五言诗名句和名篇，差不多都是些"慷慨悲歌"。《晋书》里还有一个故事。晋朝曹摅的《感旧》诗有"富贵他人合，贫贱亲戚离"两句。后来殷浩被废为老百姓，送他的心爱的外甥回朝，朗诵这两句，引起了身世之感，不觉泪下。这是悲凉的朗诵的确例。但是自己若是并无真实的悲哀，只去学时髦，捏着鼻子学那悲哀的"老婢声"的"洛生咏"，那就过了分，那也就是赵宋以来所谓"酸"了。

唐朝韩愈有《八月十五夜赠张功曹》诗，开头是：

纤云四卷天无河，

清风吹空月舒波，

沙平水息声影绝，

　　　一杯相属君当歌。

接着说：

　　　君歌声酸辞且苦，

　　　不能听终泪如雨。

接着就是那"酸"而"苦"的歌辞：

　　　洞庭连天九疑高，

　　　蛟龙出没猩鼯号，

　　　十生九死到官所，

　　　幽居默默如藏逃。

　　　下床畏蛇食畏药，

　　　海气湿蛰熏腥臊。

　　　昨者州前槌大鼓，

　　　嗣皇继圣登夔皋。

　　　赦书一日行万里，

　　　罪从大辟皆除死。

　　　迁者追回流者还，

　　　涤瑕荡垢朝清班。

118

州家申名使家抑，

坎坷只得移荆蛮。

判司卑官不堪说，

未免捶楚尘埃间。

同时辈流多上道，

天路幽险难追攀！

张功曹是张署，和韩愈同被贬到边远的南方，顺宗即位，只奉命调到近一些的江陵做个小官儿，还不得回到长安去，因此有了这一番冤苦的话。这是张署的话，也是韩愈的话。但是诗里却接着说：

君歌且休听我歌，

我歌今与君殊科。

韩愈自己的歌只有三句：

一年明月今宵多，

人生由命非由他，

有酒不饮奈明何！

他说认命算了，还是喝酒赏月罢。这种达观其实只是苦情的伪装而已。前一段"歌"虽然辞苦声酸，倒是货真价实，并无过分之处。由那"声酸"知道吟诗的确有一种悲凉的声调，而所谓"歌"其实只是讽咏。大概汉朝以来不像春秋时代一样，士大夫已经不会唱歌，他们大多数是书生出身，就用讽咏或吟诵来代替唱歌。他们——尤其是失意的书生——的苦情就发泄在这种吟诵或朗诵里。

战国以来，唱歌似乎就以悲哀为主，这反映着动乱的时代。《列子·汤问篇》记秦青"抚节悲歌，声振林木，响遏行云"，又引秦青的话，说韩娥在齐国雍门地方"曼声哀哭，一里老幼悲愁垂涕相对，三日不食"，后来又"曼声长歌，一里老幼，善跃抃舞，弗能自禁"。这里说韩娥虽然能唱悲哀的歌，也能唱快乐的歌，但是和秦青自己独擅悲歌的故事合看，就知道还是悲歌为主。再加上齐国杞梁殖的妻子哭倒了城的故事，就是现在还在流行的孟姜女哭倒长城的故事，悲歌更为动人，是显然的。书生吟诵，声酸辞苦，正和悲歌一脉相传。但是声酸必须辞苦，辞苦又必须情苦；苦是并无苦情，只有苦辞，甚至连苦辞也没有，只有那供人酸鼻的声调，那就过了分，不但不能动人，反要遭人嘲弄了。书生往往自命不凡，得意的自然有，却只是少数，失意的可太多了。所以总是叹老嗟卑，长歌当哭，哭丧着脸一副可怜相。朱子在《楚辞辩证》里说汉人那些模仿的作品"诗意平缓，意不深切，如无所疾痛而强为呻吟者"。"无所疾痛而强为呻吟"就是所谓"无病呻吟"。后来的叹老嗟卑也正是无病呻吟。有病呻吟是紧张的，可以得人同情，甚至叫人酸鼻；无病呻吟，病是装的、假的，呻吟也是装的、假的，假装可以酸鼻的呻吟，酸而不苦像是丑角扮戏，自然只能逗人笑了。

苏东坡有《赠诗僧道通》的诗：

> 雄豪而妙苦而腴，
> 只有琴聪与蜜殊。
> 语带烟霞从古少，
> 气含蔬笋到公无。
> ……

查慎行注引叶梦得《石林诗话》说：

> 近世僧学诗者极多，皆无超然自得之趣，往往掇拾摹仿士大夫所残弃，又自作一种体，格律尤俗，谓之"酸馅气"。子瞻……尝语人云，"颇解'蔬笋'语否？为无'酸馅气'也。"闻者无不失笑。

东坡说道通的诗没有"蔬笋"气，也就没有"酸馅气"，和尚修苦行，吃素，没有油水，可能比书生更"寒"更"瘦"；一味反映这种生活的诗，好像酸了的菜馒头的馅儿，干酸，吃不得，闻也闻不得，东坡好像是说，苦不妨苦，只要"苦而腴"，有点儿油水，就不至于那么扑鼻酸了。这酸气的"酸"还是从"声酸"来的。而所谓"书生气味酸"该就是指的这种"酸馅气"。和尚虽苦，出家人原可"超然自得"，却要学吟诗，就染上书生的酸气了。书生失意的固然多，可是叹老嗟卑的未必真的穷苦到他们嗟叹的那地步；倒是"常得无事"，就是"有闲"，有闲就无聊，无聊就作成他们的"无病呻吟"了。宋初西昆体的领袖杨亿讥笑杜甫是"村夫子"，大概就是嫌他叹老嗟卑的太多。但是杜甫"窃比稷与契"，嗟叹的其实是天下之大，决不止于自己的鸡虫得失。杨亿是个得意的人，未免忘其所以，才说出这样不公道的话。可是像陈师道的诗，叹老嗟卑，吟来吟去，只关一己，的确叫人腻味。这就落了套了，落了套子就不免有些"无病呻吟"，也就是有些"酸"了。

道学的兴起表示书生的地位加高，责任加重，他们更其自命不凡了，自嗟自叹也更多了。就是眼光如豆的真正的"村夫子"或"三家村学究"，也要哼哼唧唧地在人面前卖弄那背得的几句死书，来嗟叹一切，好搭起自己的读书人的空架子。鲁迅先生笔下的"孔乙己"，似乎是个更破落的读书人，然而"他对人说话，总是满口之乎者也，教人半懂不懂的"。人家说他偷书，他却争辩着，"窃书不能算偷……窃书！……读书人的事，能算偷么？""接连便是难懂的话，什么'君子固穷'，什么'者乎'之类，引得众人都哄笑起来"。孩子们看着他的茴香豆的碟子。

孔乙己着了慌，伸开五指将碟子罩住，弯下腰去说道，"不多了，我已经不多了。"直起身又看一看豆，自己摇头说，"不多不多！'多乎哉？不多也。'"于是这一群孩子都在笑声里走散了。

破落到这个地步，却还只能"满口之乎者也"，和现实的人民隔得老远的，"酸"到这地步真是可笑又可怜了。"书生本色"虽然有时是可敬的，然而他的酸气总是可笑又可怜的。最足以表现这种酸气的典型，似乎是戏台上的文小生，尤其是昆曲里的文小生，那哼哼唧唧、扭扭捏捏、摇摇摆摆的调调儿，真够"酸"的！这种典型自然不免夸张些，可是许差不离儿罢。

向来说"寒酸""穷酸"，似乎酸气老聚在失意的书生身上。得意之后，见多识广，加上"一行作吏，此事便废"，那时就会不再执着在书上，至少不至于过分地执着在书上，那"酸气味"是可以多多少少"洗"掉的。而失意的书生也并非都有酸气。他们可以看得开些，所谓达观，但是达观也不易，往往只是伪装。他们可以看远大些，"梗概而多气"是雄风豪气，不是酸气。至于近代的知识分子，让时代逼得不能读死书或死读书，因此也就不再执着那些古书。文言渐渐改了白话，吟诵用不上了；代替吟诵的是又分又合的朗诵和唱歌。最重要的是他们看清楚了自己，自己是在人民之中，不能再自命不凡了。他们虽然还有些闲，可是要"常得无事"却也不易。他们渐渐丢了那空架子，脚踏实地向前走去。早些时还不免带着感伤的气氛，自爱自怜，一把眼泪一把鼻涕的；这也算是酸气，虽然念诵的不是古书而是洋书。可是这几年时代逼得更紧了，大家只得抹干了鼻涕眼泪走上前去。这才真是"洗尽书生气味酸"了。

（选自《朱自清全集》第三卷，江苏教育出版社，1988年版）

藏书印

唐 弢

　　收藏书籍，加钤印记，通常多用私章，讲究一点的就另镌专印，比如"某某藏书""某某珍藏"之类。这种风气的流行由来已久，相传宋朝宣和时的鉴赏印，除书画碑帖以外，已经通用于图书专集，可以说是藏书印的先声。至于加盖私章，当然要更早于此了。这种办法，旨在标明所有，本来是私有制社会的产物，却也给后人留下一点溯宗考源的线索。其于爱好书籍的人，看来还有一点别的意义：有时买了一本心爱的书，晴窗展读，觉得纸白如玉，墨润如脂，不由你不摸出印章，在第一面右下角钤上一方朱红的印记，替这本书增些色泽，也替自己的心头添些喜悦。倘能写几句题记，那就更有意思。我们有时买进一本旧书，看到书里有读后感，有印记，而且出于名家旧藏，往往会认为是意外的收获。有一个时期，同样一部书，只要有黄荛圃的印，黄荛圃的跋，立刻身价百倍，那就简直是书以印贵，书以跋贵了。藏书印发展下来，渐衍渐繁。有人为怕子孙不能谨守先泽，便把箴规的意思镌入印章。叶德辉《书林清话》记明朝施大经有一方藏书章，镌着"施氏获阁藏书，古人以借鬻为不孝，手泽犹存，子孙其永宝之"几个字。钱叔宝的藏书印竟是一首诗，七字四句，道是：

> 百计寻书志亦迂，爱护不异隋侯珠。
>
> 有假不返遭神诛，子孙鬻之真其愚。

这种措辞不但今天看来十分无聊，即在当时，钤在书上，其实也是大煞风景的事。钱叔宝还有另外两个藏书印，一个叫作"十友斋"，一个叫作"中吴钱氏收藏"，倒没有这种悻悻然的口气。还有一种办法是不记姓名，只以闲章代替。偶见近人藏书印，借《兰亭序》"暂得于己"四字，用古天衣无缝，而襟怀豁达，殊足称道。

新文人中，阿英藏书极富，大都只盖一方小型私章，朱文阔边，篆"阿英"两字。郑振铎对洋装书籍，往往只在封面上签个名，线装的才加钤"长乐郑氏藏书之印"；后来魏建功替他另外镌了两个，一方形，文曰"长乐郑振铎西谛藏书"，一长方形，文曰"长乐郑氏藏书"，都是朱文写经体，后一个每字加框，纯然古风。北方学者，各有专章，刘半农常钤一大"刘"字。马隅卿则用"鄞马氏廉隅卿珍爱书"。大都废弃篆字，行草杂出，各以其体，倒亦隽永可喜。有的人用泥也极讲究，曾见一种日本印泥，作金黄色，钤诸旧纸，十分悦目。其他私家藏书，既不易见，因此也就无法知道他们的印章究竟是什么样子了。以前赵之谦为人作印，有"节子辛酉以后所得书"一方，于记名之外，兼以记年，好比书画家用"某人某岁以后所作"的印章一样，对考查上，颇为方便。金石家中，张樾丞所镌藏书印风格浑厚，我觉得他的"会稽周氏凤凰砖斋藏"一印刻得极好。作家如闻一多、叶圣陶等均精铁笔。圣陶曾为常絜作印，曰"吴兴常絜藏书"，长方白文，刚劲有力。我买书垂三十年，于此道略不讲究。抗日战争胜利后，偶然兴起，自己镌了一方，有时也钤在书上。虽然少年好弄，二十岁以前学过金石，但毕竟只是恶札，倘论功力，那就不在话下了。

（选自《晦庵书话》，生活·读书·新知三联书店，1980年版）

藏书票

唐 弢

就像中国的藏书印一样，西洋藏书家又别有一种玩意儿，这就是藏书票。藏书票的式样很多，方、圆、三角、椭圆的都有。最普通的是长方形，阔约二吋，高约三吋，有单色，有多色，图案变化，各具巧思，而以书、人体、动物和文学故事为最多。有时也画上藏者的门阀、身份和好癖。大抵线装书纸质柔润，便于钤印，洋纸厚硬，也就以加贴藏书票为宜。

欧美藏书票的发现，以德国为最早。就现在所有的资料看来，第一张藏书票的制成远在一四八〇年以前，画一天使手捧盾牌，牌上图腾似牛非牛。这是在一位名叫勃兰登堡（H. Brandenburg）的藏书上发现的。德国的藏书票带着浓重的装饰风格，构图谨严，风靡一时。意法等国流行罗哥哥（Rococo）式的藏书票，花纹华丽，和十七世纪的建筑物相似，后来风格渐变，只有人体图案仍极常见，间有以钢笔成画者，和传统的方式不同。不过流风未歇，所受德国旧时藏书票的影响还很显著。

北欧诸国对藏书票亦极讲究，推其根源，大都出自德法两国。英国素崇保守，图案单纯，缺乏变化。美国后起，到现在藏书票虽极普遍，但在形式上仍不能超越欧洲各国，有时以抽象派的画缩印在藏书票上，衒异猎奇，似不足取。日本在模仿了一通欧洲形式以后，建立了自己的风格，这便是以浮世绘为底子的纯粹东洋形式的画面。

除了图案以外，藏书票又大都题上藏者姓名，或接以 His Book，或冠以 From The Books of，最普通的是用 Ex Libris，这是拉丁文，意谓某人所藏书籍之一。到后来各国通用，俨然成为藏书票的替代词或专用词。

美国第一任大总统华盛顿的藏书票，画着一只雄鸷的老鹰，立在王冠之上，这和后来那些构图淫乱的藏书票比起来，实在不可同日而语。德国作家托马斯·曼的藏书票是一张黑白画：春树初芽，野花已放，人犬列坐，纸墨俱全，好像正在构思，则又完全是作家的本色。

我国文人积习相沿，用的大都是藏书印。只记得郁达夫、叶灵凤两位有藏书票，叶灵凤且为藏书票收藏者之一。因为这也和邮票一样，成为可以收藏的对象了。三十年代新的木刻画兴起以后，藏书票之作，屡见不鲜。不过大都着重于图案的试作，并非真为藏书而刻。内容方面，志在保持东方趣味，如刘宪、陈仲纲自作的藏书票，都采汉代石刻上的图案。陈仲纲更以古文篆"仲纲藏书"四字相配，完全中国作风，倒也别开生面。

（选自《晦庵书话》，生活·读书·新知三联书店，1980年版）

书和回忆

黄永玉

　　我从小不是个喜欢读书的孩子。幸好当时的先生颇为开通，硬灌了一些四书五经和其他文学历史基础之外，还经常带我们到郊外检验自然界和书本记载间的距离，提高了兴趣。

　　自然，我们那儿的老人和孩子对一切事物都有好奇的兴趣，性格既幽默且开朗，行为标准认真而对人却极宽容大度，使我们这些在外面混生活的人先天得到一些方便。

　　一上中学就碰到历时八年的抗日战争。幼小的年龄加上远离故乡形成的孤凄性格，使我很快地离开了正式的学校。以后的年月只能在物质和精神生活两方面自己照顾自己。

　　如果说我一生有什么收获和心得的话，那么，一、碰到许许多多的好人；二、在颠沛的生活中一直靠书本支持信念。

　　鲁迅先生的一句话给了我不少启发，"多读外国书少读中国书"。他的意义我那时即使年轻也还是懂得的。他的修养本身就证明不会教人完全不理会中国书本。他曾经说过，"少读中国书不过不能为文而已"。何况中国书中除了为文的用处之外，还有影响人做坏事、落后的方面与教人通情达理做好事、培养智慧的方面。我还是读了不少翻译家们介绍过来的外国书。

和一个人要搞一点体育活动一样，打打球、游游泳、跳跳舞，能使人的行为有节奏的美感，读书能使人的思想有节奏感，有灵活性。不那么干巴巴，使尽了力气还拐不过弯来。读一点书，思考一点什么问题时不那么费力，而且还觉得妙趣横生。

我很佩服一些天分很高的读书人。二十年前的一个礼拜天，我到朋友家去做客，一进门，两口子各端一本书正在埋头精读，两个孩子一男一女也各端一本书在埋头精读。屋子里空荡荡，既无书架，也无字画；白粉墙连着白粉墙。书，是图书馆借来的，看完就还，还了再借。不记笔记，完全储存脑中。真令人惊奇，他们两口子写这么多的书完全是这种简朴方式习惯的成果。

一次和他俩夫妇在一家饭馆吃饭，他知道我爱打猎，便用菜单背面开了几十本提到打猎的旧书目，标明卷数和大约页数。

我不行，记性和他们差得太远；尤其是枯燥的书籍，赌咒、发誓、下决心，什么都用过，结局总跟唐吉诃德开始读那篇难懂的文章一样，纠缠而纷扰，如堕五里雾中。

我知道这方面没出息，因此读书的风格自然不高。

我喜欢读杂书，遇到没听过、没见过的东西便特别高兴，也不怎么特别专心把它记下来，只是知道它在哪本书里就行。等到有朝一日真正用得着的时候，再取出来精读或派点用场。

我不习惯背诵，但有的句子却总是牢牢地跟着我走，用不着害怕跑掉的。比如说昆明大观楼的那对长联，尤其是那几句"汉习楼船，唐标铁柱，宋挥玉斧，元跨革囊……""东骧神骏，西翥灵仪，南翔缟素，北走蜿蜒"；还有什么李清照的"被翻红浪……"，柳永描写霓虹的句子……读得高兴，便在书楣上写出自己的联想和看法，明知道这是很学究气的东西，没想到"文化大革命"时很为它吃了些苦头。

我有许多值得骄傲的朋友，当人们夸奖他们的时候，我也沾了点愉快的光。

遇在一起，大部分时间谈近来读到的好文章和书，或就这个角度诙谐地论起人来。听别人说某个朋友小气，书也不肯借人等等；在我几十年的亲近，却反而觉得这朋友特别大方，肯借书给我。大概是我借人的书终究会还，而他觉得这朋友要人还书就是小气了罢！

还有个喜欢书、酒和聊天的朋友，他曾告诉我一个梦，说在梦中有人逼他还书，走投无路时他只好说：

"……那么，这样罢！我下次梦里一定还你。"

133

多少年来，我一直欣赏张岱在他失传了的《夜航船集》中幸存下来的序里的一段故事。说一艘夜航船载着一些乡人，其中有位年轻秀才，自以为有学问所以多占了一点地盘。一个老和尚从岸上挤了进来，只好跟那些胆怯的乡人缩在一道。老和尚问年轻秀才：

"请教，澹台灭明是一个人还是两个人？"

"不看是四个字吗？当然是两个人！"年轻秀才回答。

"那么，"老和尚又问："孔孟是一个人还是两个人？"

"不见是两个字么？怎么会是两个人？当然是一个人！"秀才回答。

这时老和尚自言自语地说：

"哎哟！这下子我可以松松腿了！"他把蜷缩的双脚大胆地伸开到年轻秀才那边去了。

这是个很好的教训。从年轻时代起，我就害怕有一对老和尚的脚伸到我这边来。我总是处处小心。如今我也老了，却总是提不起胆量去请教坐在对面的年轻秀才有关一个人或两个人的学术问题。

在鲁迅先生杂文集里，我很欣赏鲁迅先生与当时是青年作家的施蛰存先生之间的一场小小论战。大概是有关于"青年必读书"提到的《庄子》与《文选》的问题而引起的吧！

鲁迅先生就是在那篇杂文中说起多读外国书少读中国书的论点的。

施蛰存先生说，既然某某杂志征求的是如何做文章的问题，鲁迅先生说"少读中国书不过不能为文而已"，"可见，要为文终究还是要读中国书"。（大意）

我很佩服施蛰存先生当年敢碰碰文坛巨星的胆略和他明晰的逻辑性。

一九八一年三月

（节选自《读书》1981年第6期）

读书诸相

许国璋

《读书诸相》，一九七一年初版本美国，一九八二年列入企鹅丛书，匈牙利人 André Kertész 所摄。K，一八九四年生，十六岁学照相（一说十八岁），没有拜名师，也不了解什么是欧洲的摄影传统，只凭自己智慧，拍下天生情趣。一九二五年移居巴黎，与文人画家交朋友，饮谈于咖啡馆，为之留影。一九二七年（一说一九二八）首办个人影展，名声遂立，作品常见于巴黎流行杂志 Vu。一九三六年去美国，美国人没有像欧洲人那样看重他的作品。不久，二次大战爆发，他拍的小人物小角落不合时尚，只好靠拍时装照片过日子。大战结束，美国人的艺术趣味有改变，K 的作品终算获得了早应属他的重视，而以一九六四年纽约现代艺术陈列馆的个展为高峰。《读书诸相》，英文原名 On Reading，全书照片约六十幅，摒除文字说明，书末有总表，依次记述摄于何年何地。书名原义似可译"关于读书的照相"，嫌"关于"太泛，遂译"诸相"。诸相之中，有犹太老人，有医院病妇，有主教，有大学生，有巨富，有顽童，有儿童演员；其景：屋顶，阳台，草地，树根，破垣，书摊，菜市，藏经秘室，万册书楼，都有；其态：正坐、侧坐、躺卧而读，走着读，从废纸中捡读，浴于日光中读，都有。因此，"诸相"虽不像 On 之虚指，但与书的实意相合，也许是可以允许的。书中屋顶读书的照片最多，多摄于纽约格陵屋奇村（Greenwich village）。格村在一九七〇年代之前，曾经是穷书生和不交运而自甘寂寞的艺术家乐居之地，街窄，楼小，室内光线不利读书，住客只好登屋顶找得一角，在阳光下背阳而读（向阳则戴墨镜）。屋顶诸幅，主角都是青年女性。一倚墙；一坐钢管椅，有小凳，上置画板，双脚斜架，局促中自有闲适；一仅见头部一侧，卷发，裸肩，即上述浴于日光中读书之一帧；又一铺薄毯于不到两平方米之地，半躺而读；她的处境颇具特点：一尺之外有通风铁管，管口弯道近她的左侧，五尺之外有天窗两扇，稍远有砖砌烟囱二，铁烟筒五，这些各据一方的实体，下面想来都是人家；此相最前景有一高出屋面约两米的小室，窗前搭一小阳台，1×1.5米，种着花草藤萝，是铁、砖、水泥的平面上唯一的色彩。格村的房租，大概这些知识分子还付得起，拥挤、简陋、昏暗也是当然。为了享受一点阳光，也各有妙法。K 也许是他们中的一员，不然何以能攀登屋顶，拍到人家未必愿拍的？不过也很难设想偷拍，那是犯法的。看来，在精心安排之下而不显痕迹（装姿作态正是在我们的美女像上常见的），才是艺术。还有一幅：不在屋顶，看书人临着自制的简易阳台，坐在窗框上（阳台经不起），仅见一侧，肩、腿、小衣、膝上有书；头，仅见盛发：她也在吸取知识和紫外线。书中还有华盛顿广场数幅，广场也在格村，附近有大学，学生草地坐读，没有什么特别的。

此外，我最欣赏的还有五幅。①一九一五年摄于匈牙利某小镇。三顽童共读一本硬面但已破旧的大八开，天气像是似暖还冷的早春。左童新帽，外衣也厚实，脚上靴子也不旧。右童帽裤破烂，光脚。中童帽尚好，但右裤腿膝盖全露，双脚踩地，脚趾分得很开，三童之中，他是主读。他的脚如此使劲，也许是由于入神？还是两侧挤近而用力保持他主读的地位？还是因为地气寒，紧其筋骨以为抵御？K摄此景在一九一五年，欧战已是一年，他是年二十一岁。应召入伍之兵，何以有此闲工夫，找到这个顽童共读的镜头？又何以恰好有三个孩子，当父兄远征而在破墙之下看起书来？不过，可能正是因此才能这样自由自在。②在剧院后台，三个小姑娘，两个头饰花环，一个天使装扮，在对脚本，默诵，静静地念、记，浸沉在角色中。在演什么剧，猜不透。猜它是希腊遗文，那也是大实话。③威尼斯的供渡来（Gondola）靠着小巷的岸边，渡手躲在拱洞的方柱影下在读什么。他的供渡来漆得锃亮，船头的龙尖装饰匀称有致，比起邻近的一条漂亮多了。这，加上他的神态，看得出他是个有心的青年。他在认真地读——不，说不定在做什么演算。④这一张，和③一样，都是《读书》选登过的。一个头发花白六十来岁的老头子，在旧书摊随手翻阅。老板在纸板上写着："五千册书，对折出售。"又一写："每本二角五分，一元五本。"老人戴眼镜，视力仍嫌不足，一手持放大镜，一手捧书，阳光正好，镜距合度，他看得出神，捧书的手夹着的纸袋快要落下来了。书面向阴，细察，书名是《同志之谊》(Comradeship)。这也不足怪，于我为常识，人或视为新奇。老人显然已翻过的四本五本，都撂下了，独对此册注目，这是他的选择？还是我的臆测？⑤那是在马尼拉，第三世界之一角，人会以为未必是读书镜头的富矿。可是，这里也有。菜场的早市。挤满早已失掉线条的主妇们。塑料袋已经或等着装满。满地碎纸残片。一位女工在搞清洁。废纸箱前蹲着一个女孩子，超不过十一二岁，在低头细读一张不成形的纸片。勤劳的卫生家喊她不走，怒容已显，几乎要扫把加身了。带长辫子的傻孩子头也不摇：脏乱散杂之中有文字，有魔力，叫她不听，不让，不释手！可爱的孩子，可爱的K！这幅照仅占半页，半页空着，K对它显然特别喜爱，摄于马尼拉，一九六八年六月十五日，书的最后一页注着。片中拍下的主妇，数一下也有十二三人，她们各有采购的目标，眼光与步姿各异，对于清洁和求知的小矛盾不曾注意到，那是不消说的。

有一篇古文叫《画记》，用这位作者的笔法，可以一二句话把诸相勾划出来供读者鉴赏，诸如：不写书不得生存之青年双目注书，两老相遇慢慢谈书，家有万册的收藏家登梯取书，久卧病床的老妇危坐持书，密室读经的僧侣直立观书，但是不说这些了。只有一幅：很高很亮的窗，薄薄的纱帘，一张打桥牌的小桌，桌面花影树影，窗外薄荫，和风、杏花、菖叶，一本书开着，但读书之人早已坐不住，弃书而奔自然去了。K 书的页码极度简化，画码即是页码，页码从6开始，所摄也从6开始，不列1—5。52页印着意境相同的两幅，右下已无空白印页码，即不印。K 是一个把艺术的完整看得比书商的陈规远为重要的人。（问：世间有多少书商陈规？）K 的照片下面没有标题，他决不写"图示什么什么"一类说明，因为既有图示，何必文字？然则我这篇文字，岂非多余？有朋友这样对我说：你所写的，并不是 K 的原作，而是存在于你的意识中的读书诸相，你无相可呈，也只好形诸文字。不过，这是他的话。

一九八四年四月

（选自《读书》1984年第7期）

旧书铺

茅　盾

　　来重庆的人，常常被街道的新旧名称弄得头痛。当然新名称有它方便的地方，可是你雇人力车时如果只说一个"中正路"，那恐怕你就不大受欢迎。因为中正路并不短，车夫们懒得多费口舌问明你究竟要到中正路的哪一段，旧名称却比较的富于精确性了。然而一位不知道重庆街道旧名称的"特点"的新客也往往有点小烦恼，譬如说，他会站在"小梁子"的口上问人："小梁子在何处？"因为重庆街道的旧名称往往是在一直线上分段而题名的，和别处的一条街只有一个名称不同。

　　从这些街道的旧名称看来，可知旧时重庆各街也颇"专业化"。例如"鸡街""骡马市""打铁街"之类。单看名目便可想象从前这些街的特殊个性了。我不知道旧时重庆有没有一条旧书铺集中的街道，但照今日重庆还保存着旧日面目那一小段连衡对宇的旧书铺集团看来，这或者也就是从前的旧书街了。不过这段街的旧名称却叫作"米亭子"。

这里的旧书铺集团，共计不过六七单位（连摊子也在内），说多呢实在不多，可是说它少么，似乎今日重庆市内也还找不出第二处有这样多的单位集中起来的旧书市场。当然不是说这里的旧书最多，比这里各单位所有旧书的总数还要多些的大旧书铺，我想重庆市内也不是绝对没有，可是单位之多而又集中，俨然成为小小一段的"旧书街"，则恐怕除此以外是没有的。

至于块然独处的大大小小的旧书铺——或文具而兼旧书之铺，则在今日重庆市内外，几乎是到处可见的了，可是也得说明：无论是"米亭子"或其他单独的旧书铺，旧书诚然是旧书，可不能用抗战前我们心目中的所谓"旧书"来比拟，今天的旧书，只是"旧"书而已。战前一折八扣的翻版书，今天也在那些旧书铺内，俨然珍如宋椠元刊；一九三〇年香港或上海印的报纸本小说（其实也有土纸本在发售），也成为罕见之珍品。合于往日所谓"旧书"的标准的旧书，自然也不是没有；只是太少了，说不上比例。差可说是约占百分之一二的，是木板的线装书（这比一折八扣的版本自然可以说是"旧"些了罢），然而这又是医卜星相之类占多数，我曾在两处看见两部木板线装的——一是《曾文正日记》，一是《诗韵合璧》——那书铺老板视为奇货可居，因为这两种是在医卜星相之外的。

但是千万请莫误会，今日重庆的这些旧书铺对于读书人是没有贡献的，比方说，从沦陷区来的一位青年，进了这里的某大学，他来时身无长物，现在至少几本工具书非买不可了，那他就可以到那些旧书铺去看看，只要不怕贵，他买得到一部十年前出版的《综合英汉大辞典》——这是现在此地可能买到的最好的英文字典。又比方说，一位写作者如果打算随便"搜罗"一点旧材料，破费这么几天工夫，上城下城，上坡下坡，出一身臭汗，总也可以略有所获，十年前的旧杂志有时竟能淘到若干，但自然，怕贵是不行的。

当真不是夸大其词，这些旧书铺有时真有些"珍贵"的书本。原版的外国文书籍，极专门而高深的，也会丢在报纸本的一折八扣书之间，有一位朋友甚至还找到了一册有英文注释的希腊古典名著，因此竟引起他学习希腊文的兴趣。不过这是可遇而不可求罢了。有些英文或法文的原版丛书，虽只零落数册，而亦非难得之书，可是扉页上图记宛在，说明这是战前某某大学或某某学术机关的故物。这样的书，如何颠沛流徙了数千里，又如何落在旧书铺中，想象起来真不能叫人不生感慨；这样的书，放在家里虽不重视，但在别一意义上，可实在算得是具有"藏珍"资格的"旧书"了罢？可喜而又可怪者，是这样的书，近来愈见其多，常常可以遇到了。这一件小事，如果推想开去，却又叫人觉得可忧而又可悲。

最后，我们来谈一谈旧书的价钱。

先述一二近事，桂柳沦陷之时，有人流亡到贵阳，旅费不继，卖掉一部丙种《辞源》，得价一万元——这还是急等钱用贱卖了的，独山克服以后，有人在重庆买得一部报纸本的《鲁迅全集》，出价二万五——这也是沾了时局的光的。看了这两件"买卖"，旧书的时价，略可概见，一句话，旧书时价虽然赶不上米布，更赶不上高级化妆品，可也够惊人了；今日重庆一家小小旧书铺，论其货价，谁敢说它没有几百万？倘以旧时币值计，直堪坐拥百宋千元！但今天不过是白报纸本道林纸本的铅印书而已。旧书价格之提高，似与供求关系无涉。旧书价是跟着粮价走的，这也有一个小小故事不可不记。有人在"米亭子"某铺看到了一部《综合英汉大辞典》（袖珍本），索价二千六百元，买不起，隔了两天再去看，却已涨为三千元了。问何以多涨四百，则答曰："这几天粮价涨了呀！"书是精神食粮，书价跟着粮价走，似亦理所当然。

但是今日重庆的旧书铺老板计算他的货价尚有另一原则，此即依纸张（白报纸或道林纸）及书之页数为伸缩，即使是极不相干的书，只要纸好，页数多，则价必可观，这简直是在卖纸了！自有旧书铺以来，这真是历史的新的一页。对于这样的"现实主义"，版本权威只能摇头叹息。所以今日重庆跑旧书铺的人，决不是当时在北平跑琉璃厂、在上海跑来青阁的人们了。

今天是一个"伟大"的"现实主义"的时代，今天重庆跑旧书铺的人，绝大多数是为了某一个小小的"现实"的目的，"发思古之幽情"者，恐怕百不得一二罢？旧时也还有坐在旧书铺里看了半天书的人，今天也没有了；今天如果有这样的好学者，那不是在旧书铺中，而在"新书店"内了。

不过，旧书铺的内容虽然变了，但从"市上若无，则姑求之于旧书铺"这一点看来，今天重庆的旧书铺还是"旧书铺"，只是所有者是现实意义的"旧"书罢了。可以说旧书铺也染上了战时的色调了，这也是"今日重庆"之一面。

（选自《茅盾全集》第十二卷散文二集，人民文学出版社，

1986年版）

旧书店

叶灵凤

　　每一个爱书的人，总有爱跑旧书店的习惯。因为在旧书店里，你不仅可以买到早些时在新书店里错过了机会，或者因了价钱太贵不曾买的新书，而且更会有许多意外的发现：一册你搜寻了好久的好书；一部你闻名已久的名著；一部你从不曾想到世间会有这样一部书存在的僻书。

　　当然，有许多书是越旧越贵，然而那是 Rare Book，所谓孤本，是属于古书店，而不是旧书店的事。譬如美国便曾有过一家有名的千元书店，并不是说他资本只有一千元，乃是说正如商店里的一元货一样，他店里的书籍起码价格是每册一千元。这样的书店，当然不是一般人所能踏进去的地方。

　　上海的旧西书店，以前时常可以便宜的价格买到好书，但是近年好像价格提高了，生意不好，好书也不多见了。外滩沙逊房子里的一家，和愚园路的一家一样，是近于所谓古书店，主人太识货了，略为值得买的书，价钱总是标得使你见了不愉快。卡德路的民九社，以前还有些好书，可是近来价钱也贵得吓人了，而且又因为只看书的外观的缘故，于是一册装订略为精致的普及版书，有时价钱竟标得比原价还贵。可爱的是北四川路的添福记，时常喝醉酒的老板正和他店里的书籍一样，有时是垃圾堆，有时却也能掘出宝藏。最使我不能忘记的，是在三年之前，他将一册巴黎版的乔伊斯的《优力栖斯》和一册只合藏在枕函中的《香园》，看了是纸面毛边，竟当作是普通书，用了使人不能相信的一块四毛钱的贱价卖给了我。如果他那时知道《优力栖斯》的定价是美金十元，而且还从无买得，《香园》的定价更是一百法郎以上，他真要懊丧得烂醉三天了。不过，近来却也渐渐地识货了。

沿了北四川路，和城隍庙一样，也有许多西书摊，然而多是学校课本和通俗小说，偶尔也有两册通行本的名著，却不是足以使我驻足的地方。

对于爱书家，旧书店的巡礼，不仅可以使你在消费上获得便宜，买到意外的好书，而且可以从饱经风霜的书页中，体验着人生，沉静得正如在你自己的书斋中一样。

（选自《读书随笔》一集，生活·读书·新知三联书店，1988年版）

卖书

郭沫若

　　我平生受苦了文学的纠缠，我想丢掉它也不知道有过多少次了。小的时候便喜欢读《楚辞》《庄子》《史记》《唐诗》，但在一九一三年出省的时候，我便全盘把它们丢了。一九一四年正月我初到日本来的时候，只带着一部《文选》。这是一三年的年底在北京琉璃厂的旧书店里买的。走的时候本来也想丢掉它，是我大哥劝我，没有把它丢掉。但我在日本的起初一两年，它被丢在我的箱里，没有取出来过。

　　在日本住久了，文学趣味不知不觉之间又抬起头来。我在高等学校快要毕业的时候，又收集了不少的中外的文学书籍了。

　　那是一九一八年的初夏，我从冈山的第六高等学校毕了业，以后是要进医科大学了。我决心要专精于医学，文学书籍又不能不和它们断缘了。

　　我下了决心，又先后把我贫弱的藏书送给了友人。当我要离开冈山的那一天，剩着《庾子山全集》和《陶渊明全集》两书还在我的手里。这两部书我实在是不忍丢掉，但又不能不丢掉。这两部书和科学精神实在是不相投合的。那时候我因为手里没有多少钱，便想把这两位诗人拿去拍卖。我想起日本人是比较尊重汉籍的，这两部书或者可以卖得一些钱。

那是晚上，天在下雨。我打起一把雨伞走上冈山市去。走到一家书店里我去问了一声。我说："我有几本中国书……"

话还没有说完，坐店的一位年青的日本人，在怀里操着两只手，粗暴地反问着我："你有几本中国书？怎么样？"

我说："想让给你。"

——"哼，"他从鼻孔里哼了一声，又把下颚向店外指了一下，"你去看看招牌罢，我不是买旧书的人！"说着把头掉开了。

我碰了这样一个大钉子，很失悔。这位书贾太不把人当钱了！我就偶尔把招牌认错，也犯不着以这样侮慢的态度来对待我！我抱着书仍旧回到寓所去。路从冈山图书馆经过的时候，我突然对于它生出了惜别意来。这儿是使我认识了斯宾诺沙、泰戈尔、伽比尔、歌德、海涅、尼采诸人的地方。我的青年时代的一部分是埋葬在这儿的。我便想把我肘下挟着的两部书寄付在这儿。我一下了决心，便把书抱进馆去。那时因为下雨，馆里看书的一个人也没有。我向一位馆员交涉，说我愿意寄付两部书。馆员说馆长回家去了，叫我明天再来。我觉得这是再好也没有的，便把书交给了馆员，说明天再来，便各自走了。

啊，我平生没有遇着过这样快心的事。我把书寄付了之后，觉得心里非常恬静，非常轻松。雨伞上滴落着的雨声都带着音乐的谐调，赤足上蹀触着的行潦也觉得爽腻。啊，那爽腻的感觉！我想就是耶稣脚上受着玛格达伦用香油涂抹时的感觉，也不过这样罢？——这样的感觉，到现在好像也还留在脚上，但已经隔了六年了。

把书寄付后的第二天，我便离去了冈山。我在那天不消说没有往图书馆去。六年来，我乘火车虽然前前后后地也经过冈山五六次，但都没有机会下车。在冈山三年间的生活回忆时常在我脑中苏活着；但恐怕永没有重到那儿的希望了！

啊，那儿有我和芳坞同过学的学校，那儿有我和晓芙同住过的小屋，那儿有我时常去登临的操山，那儿有我时常去划船的旭川，那儿有我每天清早上学、每晚放学必然通过的清丽的后乐园，那儿有过一位最后送我上火车的处女，这些都是使我永远不能忘怀的地方。但我现在最初想到的是我那《庚子山集》和《陶渊明集》的两部书呀！我那两部书不知道是否安然寄放在图书馆里？无名氏的寄付，未经馆长的过目，不知道是否遭了登录？看那样书籍的人，我怕近代的日本人中少有罢？即使遭了登录，想来也一定被置诸高阁，或者是被蠹鱼蛀食了。啊，但是哟，我的庾子山！我的陶渊明！我的旧友们哟！你们不要埋怨我的抛撇！你们也不要埋怨知音的寥落！我虽然把你们抛撇了，但我到了现在也还在镂心刻骨地思念着你们。你们即使不遇知音，但假如在图书馆中健在，也比落在贪婪的书贾手中经过一道铜臭的烙印的，总要幸福得多罢？

啊，我的庾子山！我的陶渊明！旧友们哟！现在已是夜深，也是正在下雨的时候，我寄居在这儿的山中，也和你们冷藏在图书馆里的一样。但我想起六年前和你们别离的那个幸福的晚上，我觉得我也算不曾虚度此生了。

你们的生命是比我长久的，我的骨化成灰、肉化成泥时，我的神魂是借着你们永在。

（选自《沫若文集》第七卷，人民文学出版社，1958年版）

买书

朱自清

买书也是我的嗜好，和抽烟一样。但这两件事我其实都不在行，尤其是买书。在北平这地方，像我那样买，像我买的那些书，说出来真寒碜死人；不过本文所要说的既非诀窍，也算不得经验，只是些小小的故事，想来也无妨的。

在家乡中学时候，家里每月给零用一元。大部分都报效了一家广益书局，取回些杂志及新书。那老板姓张，有点儿抽肩膀，老是捧着水烟袋；可是人好，我们不觉得他有市侩气。他肯给我们这班孩子记账。每到节下，我总欠他一元多钱。他催得并不怎么紧；向家里商量商量，先还个一元也就成了。那时候最爱读的一本《佛学易解》（贾丰臻著，中华书局印行）就是从张手里买的。那时候不买旧书，因为家里有。只有一回，不知哪儿捡来《文心雕龙》的名字，急着想看，便去旧书铺访求；

有一家拿出一部广州套版的，要一元钱，买不起；后来另买到一部，书品也还好，纸墨差些，却只花了小洋三角。这部书还在，两三年前给换上了磁青纸的皮儿，却显得配不上。

到北平来上学入了哲学系，还是喜欢找佛学书看。那时候佛经流通处在西城卧佛寺街鹫峰寺。在街口下了车，一直走，快到城根儿了，才看见那个寺。那是个阴沉沉的秋天下午，街上只有我一个人。到寺里买了《因明入正理论疏》《百法明门论疏》《翻译名义集》等。这股傻劲儿回味起来颇有意思；正像那回从天坛出来，挨着城根，独自个儿，探险似的穿过许多没人走的碱地去访陶然亭一样。在毕业的那年，到琉璃厂华洋书庄去，看见新版韦伯斯特大字典，定价才十四元。可是十四元并不容易找。想来想去，只好硬了心肠将结婚时候父亲给做的一件紫毛（猫皮）水獭领大氅亲手拿着，走到后门一家当铺里去，说当十四元钱。柜上人似乎没有什么留难就答应了。这件大氅是布面子，土式样，领子小而毛杂——原是用了两副"马蹄袖"拼凑起来的。父亲给做这件衣服，可很费了点张罗。拿去当的时候，也踌躇了一下，却终于舍不得那本字典。想着将来准赎出来就是了。想不到竟不能赎出来，这是直到现在翻那本字典时常引为遗憾的。

重来北平之后，有一年忽然想搜集一些杜诗。一家小书铺叫文雅堂的给找了不少，都不算贵；那伙计是个麻子，一脸笑，是铺子里少掌柜的。铺子靠他父亲支持，并没有什么好书；去年他父亲死了，他本人不大内行，让伙计吃了，现在长远不来了，也不知怎么样。说起杜诗，有一回，一家书铺送来高丽本《杜律分韵》，两本书，索价三百元。书极不相干而索价如此之高，荒谬之至，况且书面上原购者明明写着"以银二两得之"。第二天另一家送来一样的书，只要二元钱，我立刻买下。北平的书价，离奇有如此者。

旧历正月里厂甸的书摊值得看；有些人天天巡礼去。我住的远，每年只去一个下午——上午摊儿少。土地祠内外人山人海摩肩接踵地来往。也买过些零碎东西；其中有一本是《伦敦竹枝词》，花了三毛钱。买来以后，恰好《论语》要稿子，便选抄了些寄去，加上一点说明，居然得着五元稿费。这是仅有的一次，买的书赚了钱。

在伦敦的时候，从寓所出来，走过近旁小街。有一家小书店门口摆着一架旧书。上前去徘徊了一下，看见一本《牛津书话选》(The Book-Lover's Anthology)，烫花布面，装订不马虎，四百多面，本子也不小，准有七八成新，才一先令六便士，那时合中国一元三毛钱，比东安市场旧洋书还贱些。这选本节录许多名家诗文，说到书的各方面的；性质有点像叶德辉氏《书林清话》，但不像《清话》有系统；他们旨趣原是两样的。因为买这本书，结识了那掌柜的，他后来给我找了不少便宜的旧书。

有一种书，他找不到旧的，便和我说，他们批购新书按七五扣，他愿意少赚一扣，按九扣卖给我。我没有要他这么办，但是很感谢他的好意。

（选自《水星》第一卷第四期，1935年1月）

恨书

宗　璞

写下这个题目，自己觉得有几分吓人。书之可宝可爱，尽人皆知，何以会惹得我恨？有时甚至是恨恨不已，恨声不绝，恨不得把它们都扔出去，剩下一间空荡荡的屋子。

显而易见，最先的问题是地盘问题。老父今年九十岁了，少说也积了七十年书。虽然屡经各种洗礼，所藏还是可观。原先集中摆放，一排一排，很有个小图书馆的模样。后来人口扩张，下一代不愿住不见阳光的小黑屋，见"图书馆"阳光明媚，便对书有些怀恨。"书都把人挤得没地方了。"这意见母亲在世时便有。听说有位老学者一直让书住正房，我这一代人可没有那修养了，以为人为万物之灵，书也是人写的，人比书更应该得到阳光空气，推窗得见的好景致。

后来便把书化整为零，分在各个房间。于是我的斗室也摊上几架旧书，《列子》《抱朴子》《亢仓子》《淮南子》《燕丹子》……，它们遥远又遥远，神秘又无用。还有《皇清经解》，想起来便觉得腐气冲上天。而我的文稿札记只好塞在这些书缝中，可怜地露出一点纸边，几乎要遗失在悠久的历史的茫然里。

其次惹得人恨的是书柜。它们的年龄都已有半个世纪，有的古色古香，上面的大篆字至今没有确解。这我倒并无恶感。糟糕的是许多书柜没有拉手，当初可能没有这种"设备"（照说也不至于），以致很难开关，关时要对准榫头，关上后便再也开不开，每次都得起用改锥（那也得找半天）。可是有的柜门却太松，低头屈身，找下面柜中书时，上面的柜门会忽然掉下，啪的一声砸在头上，真把人打得发昏章第十一。岂非关你人命的大事！怎不令人怀恨！有时晚饭后全家围坐笑语融融之际，或夜深梦酣之时，忽然一声巨响，使人心惊胆战，以为是地震或某种爆炸，惊走或披衣起来查看，原来是柜门掉了下来！

其实这些都不是解决不了的问题，只因我理家包括理书无方，才因循至此。可是因为书，我常觉惶惶然。这种惶惶然的感觉细想时可分为二。一是常感负疚，一是常觉遗憾。确是无法解决的。

邓拓同志有句云："闭户遍读家藏书。"谓是人生一乐。在家藏旧书中遇见一本想读的书，真令人又惊又喜。但看来我今生是不能有遍读之乐了。不要说读，连理也做不到。一因没有时间，忙里偷闲时也有比书更重要的人和事需要照管料理。二是没有精力，有时需要放下最重要的事坐着喘气儿。三是因有过敏疾病，不能接触久置积尘的书。于是大家推选外子为图书馆馆长。这些年我们在这座房子里搬来搬去，可怜他负书行的路约也在百里以上了。在每次搬动之余，也处理一些没有保存价值的东西。一次我从外面回来，见我们的图书馆长正在门前处理旧书。我稍一拨弄，竟发现两本"丛书集成"中的花卉书。要知道丛书集成约四千本一套的啊！于是我在怒火上升又下降之后，觉得他也太辛苦，哪能一本本都仔细看过。又怀疑是否扔去了珍贵的书，又责怪自己无能，没有担负起应尽的责任。如此怨天尤人，到后来觉得罪魁祸首都是书！

书还使我常觉遗憾。在我们磕头碰脑满眼旧书的居所中，常常发现有想读的或特别珍爱的书不见了。我曾遇一本英文的样子，翻了一两页，竟很有诗意。想看，搁在一边，也找不到了。又曾遇一本陆志韦关于唐诗的五篇英文演讲，想看，搁在一边，也找不到了。后来大图书馆中贴出这一书目，当然也不会特意去借。最令人痛惜的是四库全书中萧云从《离骚》全图的影印本，很大的本子，极讲究的锦面，醒目的大字，想细细把玩，可是，又找不到了！也许只在此山中，云深不知处？据图书馆长说已遍寻无着——总以为若是我自己找，可能会出现。但是总未能找，书也未出现。

好遗憾啊！于是我想，还不如根本没有这些书，也不用负疚，也没有遗憾。

那该多么轻松。对无能如我者来说，这可能是上策。但我毕竟神经正常，不能真把书全请出门，只好仍时时恨恨，凑合着过日子。

是曰恨书。

一九八五年十月十九日

（选自《丁香结》，百花文艺出版社，1987年版）

《西谛书话》序

叶圣陶

　　能见到振铎的遗作重新编集出版，在我自然是非常高兴的事，他遇难已经二十三年了，其间又经过势将毁灭文化的十年浩劫。可是让我给《西谛书话》作序，其实并不适宜。对于旧书，我的知识实在太贫乏了，没法把这部集子向读者做个简要的介绍，而一篇合格的序文至少得做到这一点才成。在老朋友中间，最后一位适宜作这篇序文的是调孚，可惜他在一个月前也谢世了！

　　振铎喜欢旧书，几乎成了癖好，用他习惯的话来说，"喜欢得弗得了"。二十年代中期，好些朋友都在上海商务印书馆工作。振铎那时刚领会喝绍兴酒的滋味，"喜欢得弗得了"，下班之后常常拉朋友去四马路的酒店喝酒，被拉的总少不了伯祥和我。四马路中段是旧书铺集中的地方，振铎经过书铺门口，两条腿就不由自主地踅了进去。伯祥倒无所谓，也跟进去翻翻。

我对旧书不感兴趣，心里就有些不高兴：硬拉我来喝酒，却把我撇在书铺门前。可是看他兴冲冲地捧着旧书出来，连声说又找到了什么抄本什么刻本，"非常之好""好得弗得了"，我受他那"弗得了"的高兴的感染，也就跟着他高兴起来。

喜欢逛旧书铺的朋友有好几位，他们搜求的目标并不相同。伯祥不太讲究版本，他找的是对研究文史有实用价值的书。振铎讲究版本，好像跟一般藏书家又不尽相同。他注重书版的款式和字体，尤其注重图版——藏书家注重图版的较少，振铎是其中突出的一位。就书的类别而言，他的搜集注重戏曲和小说，凡是罕见的，不管印本抄本，残的破的，他都当作宝贝。宝贝当然是可遇而不可求的，往往在书铺里翻了一遍，结果一无所得。他稍稍有些生气，喃喃地说："可恶之极，一本书也没有！"满架满柜的书，在他看来都不成其为书。经朋友们说穿，他并不辩解，只是不好意思地一笑而已。他的性格总是像孩子那样直率，像孩子那样天真。

我跟振铎相识之后，在一块儿的日子多，较长的分别只有两回。一回是大革命之后，为了避开蒋介石屠杀革命人民的凶焰，他去欧洲旅行。这部集子里有他在巴黎的几段日记，可以见到他怎样孜孜不倦地搜寻流落在海外的古籍。一回是抗日战争时期，我去四川，他留在上海，八年间书信来往极少，只听说他生活很困苦，还是在大批收买旧书。胜利后回到上海，我跟他又得常常见面，可是在那大变动的年月里，许多事情够大家忙的，哪还有剪烛西窗的闲情逸致。现在看了这部集子里的《求书日录》，才知道他为抢救文化遗产，阻止珍本外流，简直拼上了性命。当时在内地的许多朋友都为他的安全担心，甚至责怪他舍不得离开上海，哪知他在这个艰难的时期，站到自己认为应该站的岗位上，正在做这样一桩默默无闻而意义极其重大的工作。

一九八一年六月九日

（选自《西谛书话》，生活·读书·新知三联书店，1983年版）

访笺杂记

郑振铎

我搜求明代雕版画已十余年，初仅留意小说戏曲的插图，后更推及于画谱及他书之有插图者。所得未及百种。前年冬，因偶然的机缘，一时获得宋元及明初刊印的出相佛道经二百余种。于是宋元以来的版画史，粗可踪迹。间亦以余力，旁骛清代木刻画籍。然不甚重视之。像万寿盛典图、避暑山庄图、泛槎图、百美新咏一类的书，虽亦精工，然颇嫌其匠气过重。至于流行的笺纸，则初未加以注意。为的是十年来久和毛笔绝缘。虽未尝不欣赏十竹斋笺谱、萝轩变古笺谱，却视之无殊于诸画谱。

约在六年前，偶于上海有正书局得诗笺数十幅，颇为之心动；想不到今日的刻工，尚能有那样精丽细腻的成绩。仿佛记得那时所得的笺画，刻的是罗两峰的小幅山水，和若干从十竹斋画谱描摹下来的折枝花卉和蔬果。这些笺纸，终于舍不得用，

163

都分赠给友人们当作案头清供了。

二十年九月，我到北平教书，琉璃厂的书店断不了我的足迹。有一天，偶过清秘阁，选购得笺纸若干种，颇高兴。觉得比在上海所得的，刻工色彩都高明得多了。仍只是作为礼物送人。

引起我对于诗笺发生更大的兴趣的是鲁迅先生，我们对于木刻画有同嗜。但鲁迅先生所搜集的范围却比我广泛得多了；他尝斥资重印《士敏土》之图数百部——后来这部书竟鼓动了中国现代木刻画的创作的风气。他很早的便在搜访笺纸，而尤注意于北平所刻的。今年春天，我们在上海见到了，他以为北平的笺纸是值得搜访而成为专书的。再过几时这工作恐怕更不易进行。我答应一到北平，立刻便开始工作。预定只印五十部分赠友人们。

我回平后，便设法进行刷印笺谱的工作。第一着还是先到清秘阁。在这里又购得好些笺样。和他们谈起刷印笺谱之事时，掌柜的却斩钉截铁地回绝了，说是五十部绝对不能开印。他们有种种理由：板片太多，拼合不易，刷印时调色过难；印数少，板刚拼好，调色尚未顺手，便已竣工，损失未免过甚。他们自己每次开印总是五千一万的。

"那么印一百部呢？"我道。

他们答道："且等印的时候再商量罢。"

这场交涉虽是没有什么结果，但看他们口气很松动，我想印一百部也许不成问题。正要再向别的南纸店进行，而热河的战事开始了，一搁置便是一年。

九月初，战事告一段落，我又回到上海，与鲁迅先生相见时，带着说不出凄惋的感情，我们又提到印这笺谱的事。

"便印一百部，总不会没人要的。"鲁迅先生道。

"回去便进行。"我道。

工作便又开始进行，第一步自然是搜访笺样，清秘阁不必再去。由清秘阁向西走，路北第一家是淳菁阁。在那里很惊奇地发见了许多清隽绝伦的诗笺，特别是陈师曾氏所作的，虽仅寥寥数笔，而笔触却是那样的潇洒不俗，转以十竹斋、萝轩诸笺为烦琐，为做作。像这样的一片园地，前人尚未之涉及呢。我舍不得放弃了一幅。吴待秋、金拱北诸氏所作和姚茫父氏的唐画壁砖笺、西域古迹笺等，也都使我喜欢。

过了五六天，又进城到琉璃厂，由淳菁阁再往西走，第一家是松华斋；松华斋对门在路南的是松古斋。由松华斋再往西，在路北的是懿文斋。再西便是厂西门，没有别的南纸店了。

先进松华斋，在他们的笺样簿里，又见到陈师曾所作的八幅花果笺。说它们"清秀"是不够的，"神采之笔"的话也有些空洞。只是赞赏，无心批判。陈半丁、齐白石二氏所作，其笔触和色调，和师曾有些同流，唯较为繁缛燠煖。他们的大胆的涂抹，颇足以代表中国现代文人画的倾向；自吴昌硕以下，无不是这样的粗枝大叶的不屑屑于形似的。我很满意的得到不少的收获。

带着未消逝的快慰，过街而到松石斋。古旧的门面，老店的规模，却不料售的倒是洋式笺。所谓洋式笺，便是把中国纸染了矾水，可以用钢笔写；而笺上所绘的大都是迎亲、抬轿、舞灯、拉车一类的本地风光；笔法粗劣，且惯喜以浓红大绿涂抹的。其少数还保存着旧式的图版画。然以柔和的线条，温蒨的色调，刷印在又涩又糙的矾水拖过的人造纸面上，却格外的显得不调和。那一片一块的浮出的彩光，大损中国画的秀丽的情绪。

懿文斋没有什么新式样的画笺，所有的都是光宣时所流行的李伯霖、刘锡玲、戴伯和、李毓如诸人之作；只是谐俗的应市的通用笺而已。故所画不离吉祥、喜庆之景物，以至通俗的着色花鸟一类的东西。但我仍选购了不少。

第三次到琉璃厂已是九月底，这一次是由清秘阁向东走。偏东路北是荣宝斋，一家不失先正典型的最大的笺肆，仿古和新笺，他们都刻了不少。我在那里见到林琴南的山水笺、齐白石的花果笺、吴待秋的梅花笺，以及齐、王诸人合作的壬申笺、癸酉笺等等，刻工较清秘阁为精。仿成亲王的拱花笺，尤为诸肆所见这一类笺的白眉。

半个下午，便完全耗在荣宝斋，和他们谈到印笺谱的事，他们也有难色，觉得连印一百部都不易动工；但仍是那么游移其词的回答道："等到要印的时候再商量罢。"

从荣宝斋东行，过厂甸的十字路口，便是海王村；过海王村东行，路北有静文斋，也是很大的一家笺肆。当我一天走进静文斋的时候，已在午后，太阳光淡淡地射在罩了蓝布套的桌上，我带着怡悦的心情在翻笺样簿。很高兴地发见了齐白石的人物笺四幅，说是仿八大山人的，神情色调都臻上乘。吴待秋、汤定之等二十家合作的梅花笺，也富于繁颐的趣味。清道人、姚茫父、王梦白诸人的罗汉笺、古佛笺等，都还不坏，古色斑斓的彝器笺，也静雅足备一格。

静文斋的附近，路南有荣禄堂，规模似很大，却已衰颓不堪，久已不印笺。亦有笺样簿，却零星散乱，尘土封之，似久已无人顾问及之。循样以求，十不得一，即得之亦都暗败变色，盖搁置架上已不知若干年，纸都用舶来之薄而透明的一种，色彩偏重于深红深绿，似意在迎合光宣时代市人们的口味。肆主人须发皆白，年已七十余，唯精神尚矍铄，与谈往事，娓娓可听。但搜求将一小时，所得仅缦卿作的数笺。由荣禄更东行，近厂东门，路北有宝晋斋。此肆诗笺，都为光宣时代的旧型，佳者殊鲜，仅选得朱良材作的数笺。

出厂东门折而南，过一尺大街，即入杨梅竹斜街。东行百数步，路北有成兴斋。此肆有冷香女士作的月令笺，又有清末为慈禧代笔的女画家缪素筠作的花鸟笺；在光宣时代似为一当令的笺店。然笺样都缺，月令笺仅存其七。再东行有彝宝斋，笺样多陈列窗间，并样簿而无之。选得王诏作的花鸟笺十余幅，颇可观，而亦零落不全。

以上数次的所得，都陆续地寄给鲁迅先生，由他负最后选择的责任。寄去的大约有五百数十种，由他选定的是三百三十余幅，就是现在印出来的样式。

这部北平笺谱所以有现在的样式，全都是鲁迅先生的力量——由他倡始，也由他结束了这事。

说起访笺的经过来，也不是没有失望与徒劳。我不单在厂甸一带访求。在别的地方也尝随时随地的留意过，却都不曾给我以满足。好几个大市场里，都没有什么好的笺样被发现。有一次，曾从东单牌楼走到东四牌楼，经隆福寺街东口而更往北走，推门而入的南纸店不下十家，大多数都只售洋纸笔墨和八行素笺。最高明的也只卖少数的拱花笺，却是那么的粗陋浮躁，竟不足以当一顾。

在厂甸也不是不曾遇见同样狼狈的事。厂甸中段的十字街头，路南有两家规模不小的南纸店，一名崇文堂，在路东，有笺样簿，多转贩自诸大肆者。一名中和丰，在路西，专售运动器具及纸墨，并诗笺而无之。由崇文东行数十步，路南有豹文斋，专售故宫博物院出品，亦尝翻刻黄瘿瓢人物笺，然执以较清秘、荣宝所刻，则神情全非矣。

但北平地域甚广，搜访所未及者一定还有不少。即在琉璃厂，像伦池斋，因无笺样簿遂失之交臂。他们所刻"思古人笺"，版已还之沈氏，故不可得；而其王雪涛花卉笺四幅，刻印俱精，色调亦柔和可爱。惜全书已成，不及加入。又北平诸文士利用之笺纸，每多设计奇诡，绘刻精丽的。唯访求较为不易。补所未备，当俟异日。

选笺既定，第二步便交涉刷印，淳菁、松华、松石三家，一说便无问题。荣宝、宝晋、静文诸家，初亦坚执百部不能动工之说，然终亦答应下来。独清秘最为顽强，交涉了好多次，他们不是说百部太少不能印，便是说人工不够没有工夫印；再说下去便给你个不理睬；任你说得舌疲唇焦，他们只是给你个不理睬，颇想抽出他们的一部分不印，终于割舍不下溥心畬、江采诸家的二十余幅作品。再三奉托了刘淑度女士和他们商量，方才肯答应印。而色调较繁的十余幅蔬果笺，却仍因无人担任刷印而被剔出。蔬果笺刻印不精，去之亦未足惜。荣禄堂的笺纸，原只想印缦卿作的四幅，他们说年代已久，不知板片还在否，找得出来便可开印，只怕残缺不全。但后来究竟算是找全了。

最后到彝宝斋，一位仿佛湖南口音的掌柜的，一开口便说："不能印，现在已经没有印刷这种信笺的工人了，我们自己要几千几万份的印，尚且不能，何况一百张。"我见他说得可笑，便取出些他家的定印单给他看，他无辞可对，只得说老实话："成兴斋和我们是联号，你老到他们那里看看罢，这些花鸟笺的板片他们那里也有。"我立刻明白那是怎么一回事，到成兴斋一打听，果然那板片已归他们所有。

为了访问画家和刻工的姓氏，也费了很大的工夫。有少数的画家，其姓氏是我所不知道的——我对于近代的画坛是那样的生疏。访之笺肆亦多不知者；求之润单，间亦无之。打听了好久，有的还是见到了他的画幅，看到他的图章方才知道。只有缦卿的一位，他的姓氏到现在还是一个谜。

刻工实为制笺的重要分子，其重要也许不下于画家。因彩色诗笺，不仅要精刻，而且要就色彩的不同而分刻为若干板片；笺画之有无精神，全靠分板之能否得当。画家可以恣意地使用着颜料，刻工必须仔细地把那么复杂的颜色，分析为四五个乃至一二十个单色板片。所以刻工之好坏，是主宰着制笺的命运的。在北平笺谱里，实在不能不把画家和刻工并列着。但为访问刻工姓名，也颇遭白眼，他们都觉得这是可怪的事，至多只是敷衍地回答着。有的是经了再三的追问，四处的访求，方才能够确知的。有的因为年代已久，实在无法知道。目录里所注的刻工姓名，实在是不止三易稿而后定的。宋版书多附刊刻工姓名，明代中叶以后，刻图之工尤自珍其所作，往往自署其名，若何钤、汪士珩、魏少峰、刘素明、黄应瑞、刘应祖、洪国良、项南洲、黄子立其尤著者。然其后则刻工渐被视为贱技，亦鲜有自标姓名者。当此木板雕刻业像晨星似的摇摇欲坠之时，而复有此一番表彰，殆亦雕板史末页上重要的文献。

淳菁阁的刻工，姓张但不知其名；他们说此人已死，人皆称之为张老西，住厂西门，其技能为一时之最。我根据了张老西的这个诨名，到处的打听着，后来还是托荣宝斋查考到，知道他的真名是启和。松华斋的刻工，据说是专门为他们刻笺的，也姓张；经了好多次的追问，才知道其名为东山。静文斋的刻工，初仅知其名为板儿杨，再三恳托着去查问，才知道其名为华庭。清秘阁的刻工，也经了数次的访问后，方知其亦为张东山。因此，我颇疑刻工和制笺业的关系，也许不完全是处在雇工的地位；他们也许是自立门户，有求始应，像画家那个样子的。然未细访，不能详。

荣宝斋的刻工名李振怀，懿文斋的刻工名李仲武，松古斋的刻工名杨朝正，成兴斋的刻工名杨文、萧桂，也颇费恳托，方能访知。至于荣禄、宝晋二家，则因刻者年代已久，他们已实在记不清了，姑阙之。刻工中，以张、李、杨三名为多，颇疑其有系属的关系，像明末之安徽黄氏、鲍氏。这种以一个家庭为中心的手工业是至今也还存在的。

刷印之工，亦为制笺的重要的一个步骤，因不仅拆板不易，即拼板、调色亦煞费工夫。惜印工太多，不能一一记其姓名。

对此数册之笺谱，不禁也略略有些悲喜和沧桑之感。自慰幸不辜负搜访的勤劳，故记之如右。

二十二年十一月十五日

（选自《西谛书话》，生活·读书·新知三联书店，1983年版）

售书记

郑振铎

> 嗟食何如售故书，疗饥分得蠹虫余。
>
> 丹黄一付绛云火，题跋空传士礼居。
>
> 展向晴窗胸次了，抛残午枕梦回初。
>
> 莫言自有屠龙技，剩作天涯稗贩徒。

以上是一个旧友的售书诗，这个旧友和我常在古书店里见到。从前，大家都买书，不免带点争夺的情形，彼此有些猜忌，劫中，我卖书，他也读书，见了面，大家未免常常叹气，谈着从来不会上口的柴米油盐的问题。他先卖石印书，自印的书，然后卖明清刊本的书。后来，便不常在古书店见到他了。大约书已卖得差不多，不是改行做别的事，便是守在家里不出门。关于他，有种种的传说。我心里很难过，实在不愿意在这里再提起，这是一位在这个大时代里最可惜、惨酷的牺牲者。但写下他抄给我的这首诗时，我不能不黯然！

　　说到售书，我的心境顿时要阴晦起来。谁想得到，从前高高兴兴，一部部、一本本，收集起来，每一部书、每一本书，都有它的被得到的经过和历史：这一本书是从那一家书店里得到的，那一部书是如何的见到了，一时踌躇未取，失去了，不料无意中又获得之；那一部书又是如何的先得到一二本，后来，好容易方才从某书店的残书堆里找到几本，恰好配全，配全的时候，心里是如何的喜悦；也有永远配不全的，但就是那残帙也很可珍重，古宫的断垣残刻，不是也足以令人流连忘返么？那一本书虽是薄帙，却是孤本单行，极不易得；那一部书虽是同光间刊本，却很不多见；那一本书虽已收入某丛书中，这本却是单刻本，与丛书本异同甚多；那一部书见于禁书目录，虽为陋书，亦自可贵。至于明刊精本，黑口古装者，万历竹纸，传世绝罕者，与明清史料关系极钜者，稿本手迹，从无印本者，等等，则更是见之心暖，读之色舞。虽绝不巧取豪夺，却自有其争斗与购取之阅历。差不多每一本、每一部书于得之之时都有不同的心境、不同的作用。为什么舍彼取此，为什么前弃今取，在自己个人的经验上，也各自有其理由。譬如，二十年前，在中国书店见到一部明刊蓝印本《清明集》和一部道光刊本《小四梦》，价各百金，我那时候倾囊只有此数，那么，还是购《小四梦》吧。因为我弄中国戏曲史，《小四梦》是必收之书。然而在版本上，或在藏书家的眼光看来，那《清明集》，一部极罕见

173

的古法律书，却是如何的珍奇啊！从前，我不大收清代的文集，但后来觉得有用，便又开始大量收购了。从前，对于词集有偏嗜，有见必收，后来，兴趣淡了些，便于无意中失收了不少好词集。凡此种种，皆寄托着个人的感情。如鱼饮水，冷暖自知。谁想得到，凡此种种，费尽心力以得之者，竟会出以易米么？谁更会想得到，从前一本本、一部部书零星收得，好容易集成一类，堆作数架者，竟会一捆捆、一箱箱的拿出去卖的么？我从来不肯好好地把自己的藏书编目，但在出卖的时候，卖书的要先看目录，便不能不咬紧牙关，硬了头皮去编。编目的时候，觉得部部本本书都是可爱的，都是舍不得去的，都是对我有用的，然而又不能不割售。摩挲着，仔细地翻看着，有时又摘抄了要用的几节几段，终于舍不得，不愿意把它上目录。但经过了一会，究竟非卖钱不可，便又狠了狠心，把它写上。在劫中，像这样的"编目"，不止三两次了。特别在最近的两年中，光景更见困难了，差不多天天都在打"书"的主意，天天在忙于编目。假如天还不亮的话，我的出售书目又要从事编写了。总是先去其易得者，例如《四部丛刊》，百衲本《廿四史》之类。《四部丛刊》，连二三编，我在前年，只卖了伪币四万元，百衲本《廿四史》，只卖了伪币一万元。谁想得到，在今年今日，要想再得到一部，便非花了整年的薪水还不够么？只好从此不作收藏这一类大部书的念头了。最伤心的是，一部石印本《学海类编》，我不时要翻查，好几次书友们见到了，总要怂恿我出卖，我实在舍不得。但最后，却也不得不卖了。卖得的钱，还不够半个月花，然而如今再求得一部，却也已非易了。其后，卖了一大批明本书，再后来，又卖了八百多种清代文集，最后，又卖了好几百种清代总集文集及其他杂书。大凡可卖的，几乎都已卖尽了！所万万舍不得割弃的是若干目录书、词典书、小说书和版面书。最后一批，拟目要去的便是一批版面书。天幸胜利来得恰如其时，方才保全了这一批万万舍不得去的东西。否则，再拖长了一年半载，恐怕连什么也都要售光了。但我虽然舍不得与书相别，而每当困难的时光，总要打它的主意，实在觉得有点对不起它！如果把积"书"当作了囤货——有些暴发户实在有如此的想头，而且也实在如此的做，听说，有一个人，所囤积的《四部丛刊》便有廿余部——那么，售去倒也没有什么伤心。不幸，我的书都是"有所谓"而收集起来的，这样的一大批一大批的"去"，怎么能不痛心呢？售去的不仅是"书"，同时也是我的"感情"、我的"研究工作"、我的"心的温暖"！当时所以硬了心肠要割舍它，实在是因为"别无长物"可去。不去它，便非饿死不可。在饿死与去书之间选择一种，当然只好去书。我也有我的打算，每售去一批书，总以为可以维持个半年或一年。但物价的飞涨，每每把我的计划全部推翻了。所以只好不断地在编目，在出售；不断地在伤心，有了眼泪，只好往肚里倒流下去。忍着，耐着，叹着气，不想写，然而又不能不一部部地编写下去。那时候，实在恨自己，为什么从前不藏点别的，随便什么都可以，偏要藏什么劳什子的书呢？曾想告诉世人说，凡是穷人，凡是生活不安定的人，没有恒产、资产的人，要想储蓄什么，随便什么都可以，只千万不要藏书。书是积藏来用，来读的，不是来卖的。卖书时的惨楚的心情实在受得够了！到了今天，我心上的创伤还没有愈好；凡是要用一部书，自己已经售了去的，想到书店里去再买一部，一问价，只好叹口气，现在的书已经不是我辈所能购置的了。这又是用手去剥创疤的一个刺激。索性狠了心，不进书店，也决心不再去买什么书了。书兴阑珊，于今为最。但书生结习，扫荡不易，也许不久还会发什么收书的雅兴罢。

但究竟不能不感谢"书"，它竟使我能够度过这几年难度的关头。假如没有"书"，我简直只有饿死的一条路走！

（选自《郑振铎文集》第三卷，人民文学出版社，1983年版）

《劫中得书记》序

郑振铎

> 凤凰从灰烬里新生
>
> 金赤的羽毛更光彩灿烂
>
> ——见 The Physiologus， 及 Herodotus（ii.73），Pliny
> （*Nat hist*.x.2）Tacitus（*Ann*.vi.28）

余聚书二十余载，所得近万种。搜访所至，近自沪滨，远逮巴黎、伦敦、爱丁堡。凡一书出，为余所欲得者，苟力所能及，无不竭力以赴之，必得乃已。典衣节食不顾也。故常囊无一文，而积书盈室充栋。每思编目备检。牵于他故，屡作屡辍。然一书之得，其中甘苦，如鱼饮水，冷暖自知。辄识诸书衣，或录载簿册，其体例略类黄荛圃藏书题跋。大抵余之收书，不尚古本、善本，唯以应用与稀见为主。孤罕之本，虽零缣断简亦收之。通行刊本，反多不取。于诸藏家不甚经意之剧曲、小说、与夫宝卷、弹词，则余所得独多。诗词、版画之书，印度、波斯古典文学之译作，亦多入庋架。自审力薄，未敢旁骛。"一·二八"淞沪之役，失书数十箱，皆近人著作。"八一三"大战爆发，则储于东区之书，胥付一炬。所藏去其半。于时，日听隆隆炮声，地震山崩，心肺为裂。机枪拍拍，若燃爆竹万万串于空瓮中，无瞬息停。午夜伫立小庭，辄睹光鞭掠空而过，炸裂声随即轰发，震耳欲聋。昼时，天空营营若巨蝇者，盘旋顶上，此去彼来。每一弹下掷，窗户尽簌簌摇撼，移时方已。对语声为所喑，哑于相闻。东北角终日夜火光熊熊。烬余燋纸，遍天空飞舞若墨蝶。数十百片随风堕庭前，拾之，犹微温，隐隐有字迹。此皆先民之文献也。余所藏竟亦同此蝶化矣。然处此凄厉之修罗场，直不知人间何世，亦未省何时更将有何变故突生。于所失，殆淡然置之。唯日抱残余书，祈其不复更罹劫运耳。收书之兴，为之顿减。实亦无心及此也。而诸肆亦皆作结束计，无书应市。通衢之间，残书布地，不择价而售。亦有以双篮盛书，肩挑而趋，沿街叫卖者。间或顾视，辄置之，无得之之意。经眼失收者多矣。书籍存亡，同于云烟聚散。唯祝其能楚弓楚得耳。战事西移，日月失光，公私藏本被劫者渐出于市。谢光甫氏搜求最力，所得独多。余迫处穷乡，栖身之地，日缩日小；置书之室，由四而三而二；梯旁榻前，皆积书堆。而检点残藏，亦有不翼而飞者，竟不知何时失去。然私念大劫之后，文献凌替，我辈苟不留意访求，将必有越俎代谋者。史在他邦，文归海外，奇耻大辱，百世莫涤。因复稍稍过市。果得丁氏所藏脉望馆钞校本《古今杂剧》六十四册，归之国库。复于来青阁得丁氏手钞零稿数册。友人陈乃乾先生先后持明刊《女范编》《盛明杂剧》及孙月峰朱订《西厢记》来。余竭阮囊，仅得《女范编》与《西厢记》。而于《盛明杂剧》虽酷爱之，却不果留矣。乃乾云：有李开先刊《元人杂剧四种》，售者索金六百。余力有未逮，竟听其他售。至今憾惜未已。中国书店收得明刊方册大字本《西厢记》，附图绝精，亦归谢氏。但于戊寅夏秋之交，余实亦得隽品不鲜。万历板《蓝桥玉杵记》，李玄玉撰《眉山秀》《清忠谱》，程穆衡《水浒传注略》，螺冠子《咏物选》，冯梦龙《山歌》，萧尺木《离骚图》以及《宣和谱》《芙蓉影》《乐府名词》等，皆小品中之最精者，综计不下三十种。于奇穷极窘中有此收获，亦殊自喜。然其间艰苦，绝非纨绔子弟、达官富贾辈，斤斤于全书完阙，及版本整洁与否者，所能梦见。及今追维，如嚼橄榄，犹有余味。每于静夜展书快读，每书几若皆能自诉其被收得之故事者，盖足偿苦辛有余焉。今岁合肥李氏书，沈氏粹芬阁书散出。余限于力，仅得《元人诗集》（潘是仁刊本），《古诗类苑》《经济类编》《午梦堂集》，《农政全书》与万历版《皇明英烈传》等二十余种。初，有明会通馆活字本诸臣奏议者，由传新书店售予平贾，得九百金。而平贾载之北去，得利几三数倍。以是南来者益众，日搜括市上。遇好书，必攫以去。诸肆宿藏，为之一空。沪滨好书而有力者，若潘明训、

179

谢光甫诸氏皆于今岁相继下世。余好书者也，而无力。有力者皆不知好书。以是精刊善本日以北。辗转流海外。诚今古图书一大厄也。每一念及，寸心如焚。祸等秦火，惨过沦散。安得好事且有力者出而挽救劫运于万一乎？昔黄梨洲保护藏书于兵火之中，道虽穷而书则富。叶林宗遇乱，藏书尽失。后居虞山，益购书，倍多于前。今时非彼时，而将来建国之业必倍需文献之供应。故余不自量，遇书必救，大类愚公移山，且将举鼎绝膑。而夏秋之际，处境日艰。同于屈子孤吟，众醉独醒。且类曾参杀人，三人成虎。忧谗畏讥，不可终日。心烦意乱，孤愤莫诉。计唯洁身而退，咬菜根，读《离骚》耳。乃发愿欲斥售藏书之一部，供薪火之资。而先所质于某氏许之精刊善本百二十余种，复催赎甚力。计子母须三千余金。不欲失之，而实一贫如洗。彷徨失措，踌躇无策。秋末，乃以明清刊杂剧传奇七十种，明人集等十余种归之国家，得七千金。曲藏为之半空。书去之日，心意惘惘。大似某氏之别宋版《汉书》，李后主之挥泪对宫娥也。然归之公藏，相见有日，且均允录副，是失而未失也。为之稍慰戚戚。立持金取得质书。自晨至午，碌碌不已。然乐之不疲。若睹阔别之契友，秋窗剪烛，语娓娓不休。摩挲数日夜，喜而忘忧。而囊有余金，结习难忘，复动收书之兴。兹所收者乃着眼于民族文献。有见必收，收得必随作题记。至冬初，所得凡八九百种。而余金亦尽。不遑顾及今后之生计何若也。但恨金少，未能尽救诸沦落之图籍耳。每念此间非藏书福地。

故前后所得，皆寄庋某地某君所。随得随寄，未知何日再得展读。因整理诸书题记，汇为数册，时一省览，姑慰相思。夫保存国家征献，民族文化，其苦辛固未足埒坚陷阵、舍生卫国之男儿，然以余之孤军与诸贾竞，得此千百种书，诚亦艰苦备尝矣。唯得之维艰，乃好之益切。虽所耗时力，不可以数字计，然实为民族效微劳，则亦无悔！是为序。

（选自《西谛书话》，生活·读书·新知三联书店，1983年版）

《劫中得书记》新序

郑振铎

　　《劫中得书记》和《劫中得书续记》曾先后刊于开明书店的文学集林里。友人们多有希望得到单行本的。开明书店确曾排印成书，但不知何故，并没有出版。这次，到了上海，在旧寓的乱书堆里，见到这部书的纸型，也已经忘记了他们在什么时候将这副纸型送来的。殆因劫中有所讳，不能印出，遂将此纸型送到我家保存之耳。偶和刘哲民先生谈及。他说，何不在现在将它出版呢？遂将这副纸型托他送给上海古典文学出版社，看看可否印行。在我回到北京后不久，他们就来信说，想出版这部书，并将校样寄来。我仔细地把这个校样翻读了几遍，并校改了少数的"句子"和错字。像翻开了一本古老的照相簿子，惹起了不少酸辛的和欢愉的回忆。我曾经想刻两块图章，一块是"狂胪文献耗中年"，一块是"不薄今人爱古人"。虽然不曾刻成，实际上，我的确是，对于古人、今人的著作，

182

凡稍有可取或可用的，都是"兼收博爱"的。而在我的中年时代，对于文献的确是十分热衷于搜罗、保护的。有时，常常做些"举鼎绝膑"的事。虽力所不及，也奋起为之。究竟存十一于千百，未必全无补也。我不是一个藏书家。我从来没有想到为藏书而藏书。我之所以收藏一些古书，完全是为了自己的研究方便和手头应用所需的。有时，连类而及，未免旁骛；也有时，兴之所及，便热衷于某一类的书的搜集。总之，是为了自己当时的和将来的研究工作和研究计划所需的。因之，常常有"人弃我取"之举。在三十多年前，除了少数人之外，谁还注意到小说、戏曲的书呢？这一类"不登大雅之堂"的古书，在图书馆里是不大有的，我不得不自己去搜访。至于弹词、宝卷、大鼓词和明清版的插图书之类，则更是曲"低"和寡，非自己买便不能从任何地方借到的了。常常舍去大经大史和别处容易借到的书而搜访于冷摊古肆，以求得一本两本自己所需要的东西。常有藏书家们所必取的，我则望望然去而之他。像某年在上海中国书店，见到有一部明代蓝印本的《清明集》和一部清代梁廷楠的《小四梦》同时放在桌上，其价相同。《清明集》是古代的一部重要的有关法律的书，"四库"存目，外间流传极少，但我则毅然舍去之，而取了《小四梦》。以《小四梦》是我研究戏剧史所必需的资料，而《清明集》则非我的研究范围所及也。像这样舍熊掌而取鱼的例子还有不少。常与亡友马隅卿先生相见，他是在北方搜集小说、戏曲和弹词、鼓词等书的，取书共赏，相视而笑，莫逆于心，颇有"空谷足音"之感。其后，注意这类书者渐多，继且成为"时尚"，我便很少花时间再去搜集它们了。但也间有所得。坊友们往往留以待我，其情可感。遂也不时购获若干。谁都明白：文献图书是进行科学研究的必需的工具之一。过去，图书文献散在私家，奇书异本，每每视为珍秘，不轻视人。访书之举，便成为学士大夫们的经常工作。王渔洋常到慈仁寺诸书店，盛伯希、傅沅叔诸君，几无日不坐在琉璃厂古书肆里。今非昔比，大大小小的公共图书馆，研究机关、学校、专业部门的图书馆，访书之勤，不下于从前的学者们。非自己购书不可的艰辛的日子，已经一去不复返了。今天从事于科学研究者们是完全可以依靠着各式各样的图书馆而进行工作的了。访书之举，便将从此不再是专家们所应该做的工夫之一了么？不，我以为不然！我有一个坏脾气，用图书馆的书，总觉得不大痛快，一来不能圈圈点点、涂涂抹抹，或者折角画线做记号；二来不能及时使用，"急中风遇到慢郎中"，碰巧那部书由别人借走了，就只好等待着，还有其他等等原因。宁可自己去买。不知别的人有没有和我有这个同样的癖习？我还以为，专家们除了手头必备的专门、专业的大量的参考书籍之外，如有购书的癖好，却也是一个很好的癖好。有的人玩邮票，有的人收碎磁片，有的人爱打球，有的人好听戏，好拉拉小提琴或者胡琴。有的人就不该逛逛书摊么？夕阳将下，微飔吹衣，访得久觅方得之书，挟之而归，是人生一乐也！我知道，有这样癖好的人很不少。我这部《得书记》的出版，对于有访书的癖好的人，可能会有些"会心"之处。《得书记》所记的只是一时的、一地的且是一己的事。天下大矣，即就一时一地而论，所见的书，何止这些。只能说是，因小见大，可窥一斑而已。在两篇《得书记》之外，这次又新增入了"附录"三篇。《跋脉望馆抄校本古今杂剧》一文，在《得书记》之前写成，且也在《文学集林》上发表过。因为此文比较长，且非自己所购置的，故便不列入《得书记》里。其实，我在劫中所见、所得书，实实在在应该以这部《古今杂剧》为最重要，且也是我得书的最高峰。想想看，一时而得到了二百多种从未见到过的元明二代的杂剧，这不该说是一种"发现"么？肯定地，是极重要的一个"发现"。不仅在中国戏剧史的和中国文学史的研究者们说来是一个极重要的消息，而且，在中国文学宝库里，或中国的历史文献资料里，也是一个太大的收获。这个收获，不下于"内阁大库"的打开，不下于安阳甲骨文字的出现，不下于敦煌千佛洞抄本的发现。对于我，它的发现乃是最大的喜悦。这喜悦克服了一言难尽的种种的艰辛与痛苦，战胜了坏蛋们的诬陷。苦难是过去了。若干"患得患失"的不寐的痛苦之夜是过去了。"喜悦"却永远存在着。又摩挲了这部书几遍，还感到无限愤喜交杂！故把这篇跋收入《得书记》里印出。一九四一年之后，我离开了家，隐姓埋名，避居在上海的"居尔典路"。每天不能不挟皮包入市，以示有工作。到哪里去呢？无非几家古书肆。

买不起很好的书了。但那时对于清朝人的"文集"忽然感到兴趣。先以略高于称斤论担的价钱得到若干。以后，逐渐地得到的多了，也更精了，遂写成一个目录。那篇"序"和"跋"都是在编好目录后写成的，从没有机会印出。现在，是第一次在这个"附录"里和读者们相见。又在《得书记》里，有几则文字是应该改动的。因为用的是旧纸型，不便重写，故在这里改正一下：(一)《得书记》第五十三则"至大重修宣和博古图"里，说我所得的那部"残本"是"元刊本"。这话是错的。今天看来，恐仍是明嘉靖间蒋旸的翻刻本。向来的古书肆，每将蒋序撕去，冒充作元刊本。(二)《得书记》第八十六则"陈章侯水浒叶子"里，说起，我所得的那部水浒叶子是黄子立的原刻本。其实，它仍是清初的翻刻本。潘景郑先生所藏的那一部才是真正的原刻本。那个本子后来也归了我。曾仔细地对看了几遍，翻刻本虽有虎贲中郎之似，毕竟光彩大逊。(三)《得书续记》第十则，"琅嬛文集"里，说：张宗子的许多著作，都无较古的刻本。其实不然。近来曾见到清初刻本的《西湖梦寻》，刻得极精。其他书，恐怕也会有较早的本子，只是没有见到耳。

一九五六年八月七日郑振铎序于青岛

（选自《西谛书话》，生活·读书·新知三联书店，1983年版）

书的梦

孙　犁

　　到市场买东西，也不容易。一要身强体壮，二要心胸宽阔。因为种种原因，我足不入市，已经有很多年了。这当然是因为有人帮忙，去购置那些生活用品。夜晚多梦，在梦里却常常进入市场。在喧嚣拥挤的人群中，我无视一切，直奔那卖书的地方。

　　远远望去，破旧的书床上好像放着几种旧杂志或旧字帖。顾客稀少，主人态度也很和蔼。但到那里定睛一看，却往往令人失望，毫无所得。

　　按照弗罗伊德的学说，这种梦境，实际上是幼年或青年时代，残存在大脑皮质上的一种印象的再现。

　　是的，我梦到的常常是农村的集市景象：在小镇的长街上，有很多卖农具的，卖吃食的，其中偶尔有卖旧书的摊贩。或者，在杂乱放在地下的旧货中间，有几本旧书，它们对我最富有诱惑的力量。

这是因为，在童年时代，常常在集市或庙会上，去光顾那些出售小书的摊贩。他们出卖各种石印的小说、唱本。有时，在戏台附近，还会遇到陈列在地下的，可以白白拿走的，宣传耶稣教义的各种圣徒的小传。

在保定上学的时候，天华市场有两家小书铺，出卖一些新书。在大街上，有一种当时叫作"一折八扣"的廉价书，那是新旧内容的书都有的，印刷当然很劣。

有一回，在紫河套的地摊上，买到一部姚鼐编的《古文辞类纂》，是商务印书馆的铅印大字本，花了一圆大洋。这在我是破天荒的慷慨之举，又买了二尺花布，拿到一家裱画铺去做了一个书套。但保定大街上，就有商务印书馆的分馆，到里面买一部这种新书，所费也不过如此，才知道上了当。

后来又在紫河套买了一本大字的夏曾佑撰写的《中国历史教科书》（就是后来的《中国古代史》），也是商务排印的大字本，共两册。

最后一次逛紫河套，是一九五二年。我路过保定，远千里同志陪我到"马号"吃了一顿童年时爱吃的小馆，又看了"列国"古迹，然后到紫河套。在一家收旧纸的店铺里，远买了一部石印的《李太白集》。这部书，在远去世后，我在他的夫人于雁军同志那里还看见过。

中学毕业以后，我在北平流浪着。后来，在北平市政府当了一名书记。这个书记，是当时公务人员中最低的职位，专事抄写，是一种雇员，随时可以解职的，每月有二十元薪金。在那里，我第一次见到了旧官场、旧衙门的景象。那地方倒很好，后门正好对着北平图书馆。我正在青年，富于幻想，很不习惯这种职业。我常常到图书馆去看书。到北新桥、西单商场、西四牌楼、宣武门外去逛旧书摊。那时买书，是节衣缩食，所购完全是革命的书。我记得买过六期《文学月报》，五期《北斗》杂志，还有其他一些革命文艺期刊，如《奔流》《萌芽》《拓荒者》《世界文化》等。有时就带上这些刊物去"上衙门"。我住在石驸马大街附近，东太平街天仙庵公寓。那里的一位老工友，见我出门，就如此恭维。好在科里都是一些混饭吃、不读书的人，也没人过问。

我们办公的地方，是在一个小偏院的西房。这个屋子里最高的职位，是一名办事员，姓贺。他的办公桌摆在靠窗的地方，而且也只有他的桌子上有块玻璃板。他的对面也是一位办事员，姓李，好像和市长有些瓜葛，人比较文雅。家就住在府右街，他结婚的时候，我随礼去过。

我的办公桌放在西墙的角落里，其实那只是一张破旧的板桌，根本不是办公用的，桌子上也没有任何文具，只堆放着一些杂物。桌子两旁，放了两条破板凳，我对面坐着一位姓方的青年，是破落户子弟。他写得一手好字，只是染上了严重的嗜好。整天坐在那里打盹，睡醒了就和我开句玩笑。

那位贺办事员，好像是南方人，一上班嘴里的话是不断的，他装出领袖群伦的模样，对谁也不冷淡。他见我好看小说，就说他认识张恨水的内弟。

很久我没有事干，也没人分配给我工作。同屋有位姓石的山东人，为人诚实，他告诉我，这种情况并不好，等科长来考勤，对我很不利。他比较老于官场，他说，这是因为朝中无人的缘故。我那时不知此中的利害，还是把书本摆在那里看。

我们这个科是管市民建筑的。市民要修房建房，必须请这里的技术员，去丈量地基，绘制蓝图，看有没有侵占房基线。然后在窗口那里领照。

我们科的一位股长，是一个胖子，穿着蓝绸长衫，和下僚谈话的时候，老是把一只手托在长衫的前襟下面，做撩袍端带的姿态。他当然不会和我说话的。

有一次，我写了一个请假条寄给他。我虽然看过《酬世大观》，在中学也读过陈子展的《应用文》，高中时的国文老师，还常常把他替要人们拟的公文，发给我们当作教材。但我终于在应用时把"等因奉此"的程式用错了。听姓石的说，股长曾拿到我们屋里，朗诵取笑。股长有一个干儿，并不在我们屋里上班，却常常到我们屋里瞎串。这是一个典型的京华恶少，政界小人。他也好把一只手托在长衫下面，不过他的长衫，不是绸的，而是蓝布，并且旧了。有一天，他又拿那件事开我的玩笑，激怒了我，我当场把他痛骂一顿，他就满脸赔笑地走了。

当时我血气方刚，正是一语不合拔剑而起的时候，更何况初入社会，就到了这样一处地方，满腹怨气，无处发作，就对他来了。

我是由志成中学的体育教师介绍到那里工作的。他是当时北方的体育明星，娶了一位宦门小姐。他的外兄是工务局的局长。所以说，我官职虽小，来头还算可以。不到一年，这位局长下台，再加上其他原因，我也就"另候任用"了。

我被免职以后，同事们照例是在东来顺吃一次火锅，然后到娱乐场所玩玩。和我一同免职的，还有一位家在北平附近的人，脸上有些麻子，忘记了他的姓。他是做外勤的，他的为人和他的破旧自行车上的装备，给人一种商人小贩的印象，失业对他是沉重的打击。走在街上，他悄悄地对我说：

"孙兄，你是公子哥儿吧，怎么你一点也不在乎呀！"

我没有回答。我想说：我的精神支柱是书本，他当然是不能领会的。其实，精神支柱也不可靠，我所以不在意，是因为这个职位，实在不值得留恋。另外，我只身一人，这里没有家口，实在不行，我还可以回老家喝粥去。

和同事们告别以后，我又一个人去逛西单商场的书摊。渴望已久的，鲁迅先生翻译的《死魂灵》一书，已经陈列在那里了。用同事们带来的最后一次薪金，购置了这本名著，高高兴兴回到公寓去了。

第二天清晨，挟着这本书，出西直门，路经海淀，到离北平有五六十里路的黑龙潭，去看望在那里山村小学教书的一个朋友。他是我的同乡，又是中学同学。这人为人热情，对于比他年纪小的同乡同学，情谊很深。到他那里，正是深秋时节，黄叶飘落，潭水清冷，我不断想起曹雪芹在这一带著书的情景。住了两天，我又回到了北平。

我在朝阳大学同学处住几天，又到中国大学同学处住几天。后来，感到肚子有些饿，就写了一首诗，投寄《大公报》的《小公园》副刊。内容是：我要离开这个大城市，回到农村去了，因为我看到：在这里，是一部分人正在输血给另一部分人！

诗被采用，给了五角钱。

整理了一下，在北平一年所得的新书旧书，不过一柳条箱，就回到农村，去教小学了。

我的书箱，一损失于抗日战争之时，已在别一篇文章中略记，一损失于土地改革之时。

我的家庭成分是富农。按照当时党的政策，凡是有人在外参加革命，在政治上稍有照顾。关于书，是属于经济，还是属于政治，这是不好分的。贫农团以为书是钱买来的，这当然也是属于财产，他们就先后拿去了。其实也不看。当时，我们那里的农民，已普遍从八路军那里学会裁纸卷烟。在乡下，纸张较之布片还难得，他们是拿去卷烟了。

这时，我在饶阳县一个小区参加土改工作。大概是冀中区党委所在之地吧，发了一个通知，要各村贫农团，把斗争果实中的书籍，全部上缴小区，由专人负责清查保存。大概因为我是知识分子吧，我们的小区区长，把这个责任交给了我。

书籍也并不太多，堆在一间屋子的地下，而且多是一些古旧破书，可以用来卷烟的已经不多。我因家庭成分不好，又由于"客里空"问题，正在《冀中导报》受到公开批判，谨小慎微，对这些书籍，丝毫不敢染指，全部上缴县委了。

我的受批判，是因为那一篇《新安游记》。是个黄昏，我从端村到新安城墙附近绕了绕，那里地势很洼，有些雾气，我把大街的方向弄错了。回去仓促写了一篇抗日英雄故事，在《冀中导报》发表了。土改时被作为"客里空"典型。

在家乡工作期间，已经没有购买书籍的机会，携带也不方便。如果能遇到书本的话，只是用打游击的方式，走到哪里，就看到哪里。

但也有时得到书。我在蠡县工作时，有一次在县城大集上，从一个地摊上，买到一本商务印书馆出版的，铅印精装的《西厢记》。我带着看了一程子，后来送给蠡县一位书记了。

《冀中导报》在饶阳大张岗设立了一处造纸厂。他们收买一些旧书，用牲口拉的大碾，轧成纸浆。有一间棚子，堆放着旧书。我那时常到这家纸厂吃住。从棚子里，我捡到一本石印的《王圣教》和一本石印的《书谱》。

在河间工作的时候，每逢集日，在一处小树林里，有推着小车贩卖烂纸书本的。有一次，我从车上买到一部初版的《孽海花》。一直保存着，进城后，送给一位新婚燕尔、出国当参赞的同志了。

一九七九年四月

（选自《孙犁散文选》，人民文学出版社，1984年版）

我的二十四史

孙　犁

　　一九四九年初进城时，旧货充斥，海河两岸及墙子河两岸，接连都是席棚，木器估衣，到处都是，旧书摊也很多，随处可以见到。但集中的地方是天祥市场二楼，那些书贩用木板搭一书架，或放一床板，上面插列书籍，安装一盏照明灯，就算是一家。各家排列起来，就构成了一个很大的书肆。也有几家有铺面的，藏书较富。

　　那一年是天津社会生活大变动的时期，物资在默默地进行再分配，但进城的人们，都是穷八路，当时注意的是添置几件衣物，并没有多少钱去买书，人们也没有买书的习惯。

　　那一时期，书籍是很便宜的，一部白纸的四部丛刊，带箱带套，也不过一二百元，很多拆散，流落到旧纸店去；各种二十四史，也没人买，带樟木大漆盒子的，带专用书橱的，就风吹日晒的，堆在墙子河边街道上。

书贩们见到这种情景，见到这么容易得手的货源，都跃跃欲试，但他们本钱有限，货物周转也不灵，只能望洋兴叹，不敢多收。

我是穷学生出身，又在解放区多年，进城后携家带口，除谋划一家衣食，不暇他顾。但幼年养成的爱书积习，又滋长起来。最初，只是在荒摊野市，买一两本旧书，放在自己的书桌上。后来有了一些稿费，才敢于购置一些成套的书，这已经是一九五四年以后的事了。

最初，我从天祥书肆，买了一部涵芬楼影印本的《史记》，是据武英殿本。本子较小，字体也不太清晰。涵芬楼影印的这部二十四史，后来我见过全套，是用小木箱分代函装，然后砌成一面小影壁，上面还有瓦檐的装饰。但纸张较劣，本子较小是它的缺点，因此，并不为藏书家所珍爱。很长一段时间，人们喜爱同文书局石印的二十四史，它也是根据武英殿本，但纸张洁白而厚，字大行稀，看起来醒目，也是用各式小木箱分装，然后堆叠起来，自成一面墙，很是大方。我只买了一部《梁书》而已。

有一次，天祥一位人瘦小而本亦薄的商人，买了一套中华书局印的前四史，很洁整，当时我还是胸无大志，以为买了前四史读读，也就可以了，用十元钱买了下来。因为开了这个头，以后就陆续买了不少中华书局的二十四史零种。其实中华书局的四部备要本二十四史，并不佳。即以前四史而言，名为仿宋，字也够大，但以字体扁而行紧密，看起来，还是不很清楚。以下各史，行格虽稀，但所用纸张，无论黑白，都是洋纸，吸墨不良，多有油渍。中华书局的二十四史，也是据武英殿本重排，校刊只能说还可以，总之，并不引人喜爱。清末，有几处官书局，分印二十四史，金陵书局出的包括《史记》在内的几种，很有名，我也曾在天祥见过，以本子太大，携带不便，失之交臂之间。

我的《南史》和《周书》，是光绪年间，上海图书集成印书局校印本，字体并不小，然字扁而行密，看起来字体连成一线，很费目力。清末民初，用这种字体印的书很不少，如《东华录》《纪事本末》等。这种书，用木板夹起，"文化大革命"中，抄书发还，院中小儿，视为奇观，亦可纪也。

我的《陈书》是商务印书馆四部丛刊的百衲本。这种本子在版本学术上很有价值，但读起来并不方便。我的《新五代史》，是刘氏玉海堂的覆宋本，共十二册，印制颇精。

国家标点的二十四史，可谓善本，读起来也方便。因为有了以上那些近似古董的书，后来只买了《魏书》《辽史》。发见这种新书，厚重得很，反不及线装书，便利老年人阅读。

这样东拼西凑，我的二十四史，也可以说是百衲本了。

一九八〇年十二月

（选自《孙犁散文选》，人民文学出版社，1984年版）

姑苏访书记

黄　裳

　　最近应朋友之约到苏州去住了两天。苏州过去我是常去的，照我旧有的经验，苏州的可爱，第一是那里的旧书多，每次去都能看到一些别致的书，偶然也能得到几种。其次是那里的饮食好，可以吃到价廉物美的小吃。如元大昌酒店里各种下酒的零吃、包子和面。至于园林之美倒还在其次。荏苒若干年，情况发生了很大的变化，上面所说的两种特色基本上已不存在了。

　　住在大井巷，出门走上大街不远就是怡园，现存唯一的一家旧书店就在对面。我每次来苏州总要去坐一坐。这里有些店员还是过去的老相识，承他们的好意，每次都被让到楼上去坐一下，我也总是要求他们拿出几种书来看看。这种享受，在全国说来也是不易获得的了。记得去年，我还在这里得到过一本乾隆原刻的《冬心先生画竹题记》，总共不过十来页，可是用的是旧纸，大字仿宋写刻，墨光如漆，前面还有一张高翔画

198

的金农的小像，用的是雍正中刻《冬心先生诗集》前小像的旧板，不过后面的题赞却换了方辅题、杨谦写的篆书。关于冬心自刻书的纸墨之精，徐康在《前尘梦影录》里曾经讲起过。他说，这种自刻书用的是宋纸，印刷用墨取的是捣碎了的晚明清初佳墨碎块。在中国雕版印刷史上可以算得是非常突出的精制品，这就从一个侧面反映了清初经过百十年安定休息，经济上升、文化繁荣的面貌。《画竹题记》的用纸，是一种深黄色极厚实的竹纸，帘纹很细，还夹杂着一些未能融解的植物纤维，是一种较粗的古纸。我不敢断定这是否宋纸，但和宋代印刷佛经的用纸是相近的。去年在北京图书馆看到《冬心先生续集自序》，用的也是同样的旧纸，可见徐康的话不是没有根据的。

金冬心以画著名。不过他的文字写得也是很好的。写在画帧上面的小诗、自度曲、题记，刻在砚石后面的铭文……都有一种突出的特色。中间往往吐露了诗人画家的思想、感情。我常常感到这也应该算是一种特殊规格的杂文。金农是生活在封建社会的文士，他也只能发发那种特定的牢骚。不过时时反映了社会现实给他带来的刺激也是事实。在《画竹题记》中随便摘取一条：

> 比日不出。非不出也，避城狐社鼠之相窥也。既不出矣，招剡溪之人来，画老竹数竿，在大石罅。石作飞白者一，作黳黑者一。下有败棘，有恶草。不意幽林绵谷中伏

处此辈也。画毕掷笔太息，自解不得。吾当搔首问青天耳。

这些话说得也够露骨的了。因为是题在竹石的画幅上面，看画的人也大抵随口称赞一句"高雅，高雅"，没有引起注意，遭到迫害，实在要算他运气。

冬心的作品曾有过多种翻刻，算不得孤本秘籍。不过能偶然得到作者自己刻印的原刻本，还是使人高兴的。除了雕版印刷史、美术工艺史上的价值以外，还有一种特殊的亲切之感。譬如《北平笺谱》，有鲁迅、西谛签名的初版本和只有编号的再版本带给读者的感受就大不同。这是往往要被人们说成是"玩物丧志"或"古董家数"的。当然，这里一个重要的前提是，国家安定，经济繁荣，才能有随之而来的绚烂文化。在这里，我是赞成"衣食足而后知荣辱"这句话的。

这次他们也取出了几种书，不过非常失望，没有什么有趣的东西，只有两本旧拓的"兰亭"，有程瑶田的题跋，是旧山楼的旧藏。闲谈中间，知道他们现在是以经营新版古籍为主的了。下面的门市部里确也陈列了大量的新书，这中间，不必说是有着不少各种版本的《三侠五义》《七侠五义》《好逑传》《捉鬼传》《儿女英雄传》……的。这后一种，有一家书店的版本还题作《侠女奇缘》。这几种书，在全国各地的新华书店里都大量地供应着；如果不是专营"古籍"的地方，就还有各种翻译、创作的"奇案""女尸""推理小说"、惊险样式之类的作品！老实说，这种"繁荣"的景象，看了是只能使人感到单调与寂寞的，就像在沙漠上看到一丛丛仙人球、仙人掌之类的多肉类植物一样。

至于线装书的货源，那确是少得多了。这自然是他们改营新书为主的基本原因。不过情况也不是绝对的，三吴一带到底还是有悠久历史的文化之乡，遗存虽已不多，但并非绝无仅有。苏州市图书馆仅有的两部宋刻书就是近年来他们收集的。附近地区请他们去收购藏书的人家也还不少，不过因为经营方向、人手……以及其他一些意想不到的原因，已经使他们长久以来放弃了这方面的业务了。

闲谈中听到了很多故事，都是不易忘记的。他们有一次在乡下发现了一屋线装旧书，已经邻于霉坏了，里面很有些善本。向县机关提出来，进行了整理。但不许由新华书店收购，当作宝贝又堆在另一间房子里。后来再去看时，许多书都残失不全了。一部孙星衍手校的明刻白皮纸《白虎通》，只剩下了两本。另外两本说是院子里的谁煮饭没有引火的东西，抽去当了柴。

多年来遇到过不少经营旧书业的人，他们都有相当丰富的经验，见识广博，记忆力很强，装了满肚子的关于旧书流转的故事和知识。我总是劝他们抽空回忆记一点下来。不过效果很小。他们不是推说文化水平不高，就是根本当作笑话来听。有许多人，如上海、北京的郭石麒、杨寿祺、孙实君、孙助廉……他们如果肯做这个工作，是可以拿出不下于孙殿起的《贩书偶记》这样的著作来的。至少写出像李南涧的《琉璃厂书肆记》、徐康的《前尘梦影录》那样的作品是毫不困难的。可是一本也没有，这些人都已先后死去了。闲谈中我出了一个题目，苏州一隅几十年中某些藏书家，其中有些是小藏家，他们藏书的主要内容，流散始末，……现在记录一下还不是很困难的。这一类地方性的文献史料都是值得搜集保存的，全国每一个重要的文化中心都应该来做这个工作。

抢救、收集古旧书籍文献是一项重要的工作。由于历史原因，过去这工作是通过旧书行业的渠道进行的。目前，就很自然地划归新华书店系统经管。他们虽然同样要与书打交道，但业务的内容、性质是完全不同的。至少用新华书店现行的经营方针进行一刀切的管理是不妥当的。正如世医、儒医、兽医……虽然都有一个医字，却万不可误会他们干的是同一行当。望文生义在这里只能引起误会，造成损失。

在我们这样一个伟大的国家里，有那么一些从事古旧文献搜集、整理、流通的专业工作者，是完全必要的，绝不能说是浪费。照我的粗略估计，在北京、上海、天津、苏州、杭州……，现在还在岗位上有一定鉴定水平的古旧书工作者，一起怕也不满几十个人。这真是一种岌岌可危的局面。接班人的情况好像也不乐观。不要好久，人们把家藏的宋版书送到店里，也无人能加以辨识、处理的情况必将出现，更不必说散落在全国各个角落的古典文献了。当然，宋版书送到书店里的事现在是很少了，但也不能说今后就完全没有可能。宋刻宋印的苏诗，就是由藏书者的后人送到苏州书店里的。当然，这是极罕见的情况。书店因此而得到的利润也很少，与经营《三侠五义》所得完全不能相比。不过文化事业毕竟不是一般的营利事业，这里不好用一把唯一的尺子来加以衡量。

一九八一年七月十五日《人民日报》的"读者来信"中发表了一封读者呼吁"从废纸堆中抢救古书画"的来信，就报告着一种触目惊心的现象。一个县的文化馆里有四千多册古书画（这句话有语病，照例画是不能论册的），管理的人员说，"这些书画是从县公安局收集来的。前段时间，县公安局的同志把古书画当废物烧掉，不知毁了多少。他们不是故意毁书画，而是不知古书画的重要。"当地另一位在法院的同志说，"这些残缺不全的东西有啥用？！我们机关里还有一堆。你若是要，到我们单位去拿。"

这事发生在湖北竹溪县。可以证明我从苏州听来的故事并不是仅见的，倒有着一定的普遍意义。公安局和法院严格说来不能算文化机关，在那里工作的同志缺少必要的文化修养也是不宜过分责难的。不过我们必须设法从速改变这种状况，则是无疑的。

一九八一年七月十六日

（选自《银鱼集》，生活·读书·新知三联书店，1985年版）

东京的书店

周作人

　　说到东京的书店第一想起的总是丸善（Maruzen）。它的本名是丸善株式会社，翻译出来该是丸善有限公司，与我们有关系的其实还只是书籍部这一部分。最初是个人开的店铺，名曰丸屋善七，不过这店我不曾见过，一九〇六年初次看见的是日本桥通三丁目的丸善，虽铺了地板还是旧式楼房，民国以后失火重建，民八往东京时去看已是洋楼了。随后全毁于大地震，前年再去则洋楼仍建在原处，地名却已改为日本桥通二丁目。我在丸善买书前后已有三十年，可以算是老主顾了，虽然买卖很微小，后来又要买和书与中国旧书，财力更是分散，但是这一点点的洋书却于我有极大的影响，所以丸善虽是一个法人而在我可是可以说有师友之谊者也。

　　我于一九〇六年八月到东京，在丸善所买最初的书是圣兹伯利（G.Saintsbury）的《英文学小史》一册与泰纳的英译本四册，书架上现今还有这两部，但已不是那时买的原书了。
我在江南水师学堂学的外国语是英文，当初的专门是管轮，后来又奉督练公所命令改学土木工学，自己的兴趣却是在文学方面，因此找一两本英文学史来看看，也是很平常的事。但是实在也并不全是如此，我的英文始终还是敲门砖，这固然使我得知英国十八世纪以后散文的美富，如爱迭生、斯威夫忒、阑姆、斯替文生、密伦、林特等的小品文我至今爱读，那时我的志趣乃在所谓大陆文学，或是弱小民族文学，不过借英文做个居中传话的媒婆而已。一九〇九年所刊的《域外小说集》二卷中译载的作品以波兰俄国波思尼亚芬兰为主，法国有一篇摩波商（即莫泊三），英美也各有一篇，但这如不是犯法的淮尔特（即王尔德）也总是酒狂的亚伦坡。俄国不算弱小，其时正是专制与革命对抗的时候，中国人自然就引为同病的朋友，弱小民族盖是后起的名称，实在我们所喜欢的乃是被压迫的民族之文学耳。这些材料便是都从丸善去得来的。日本文坛上那时有马场孤蝶等人在谈大陆文学，可是英译本在书店里还很缺少，搜求极是不易，除俄法的小说尚有几种可得外，东欧北欧的难得一见，英译本原来就很寥寥。我只得根据英国倍寇（E.Baker）的《小说指南》（A Guide to the Best Fictions），抄出书名来，托丸善去定购，费了许多的气力与时光，才能得到几种波兰、勃尔伽利亚、波思尼亚、芬兰、匈加利、新希腊的作品，这里边特别可以提出来的有育珂摩耳（Jokai Mor）的小说，不但是东西写得好，有匈加利的司各得之称，而且还是革命家，英译本的印刷装订又十分讲究，至今还可算是我的藏书中之佳品，只可惜在绍兴放了四年，书面上因为潮湿生了好些霉菌的斑点。此外还有一部插画本土耳该涅夫（Turgeniev）小说集，共十五册，伽纳忒夫人译，价三镑。这部书本平常，价也不能算贵，每册只要四先令罢了，不过当时普通留学官费每月只有三十三元，想买这样大书，谈何容易，幸而有蔡谷清君的介绍把哈葛德与安特路朗合著的《红星佚史》译稿卖给商务印书馆，凡十万余字得洋二百元，于是居然能够买得，同时定购的还有勃阑兑思（Georg Brandes）的一册《波兰印象记》，这也给予我一个深的印象，使我对于波兰与勃阑兑思博士同样地不能忘记。我的文学店逐渐地关了门，除了《水浒传》《吉诃德先生》之外不再读中外小说了，但是杂览闲书，丹麦安徒生的童话、英国安特路朗的杂文，又一方面如威斯忒玛克的《道德观念发达史》、部丘的关于希腊的诸讲义，都给我很愉快的消遣与切实的教导，也差不多全是从丸善去得来的。末了最重要的是蔼理斯的《性心理之研究》七册，这是我的启蒙之书，使我读了之后眼上的鳞片倏忽落下，对于人生与社会成立了一种见解。古人学艺往往因了一件事物忽然省悟，与学道一样，如学写字的见路上的蛇或是雨中在柳枝下往上跳的蛙而悟，是也。不佞本来无道可悟，但如说因"妖精打架"而对于自然与人生小有所了解，似乎也可以这样说，虽然卍字派的同胞听了觉得该骂亦未可知。《资本论》读不懂，（后来送给在北大经济系的旧学生杜君，可惜现在墓木已拱矣！）考虑妇女问题却也会归结到社会制度的改革，如《爱的成年》的著者所已说过。蔼理思的意见大约与罗素相似，赞成社会主义而反对"共产法西斯底"的罢。蔼理思的著作自《新精神》以至《现代诸问题》都从丸善购得，今日因为西班牙的反革命运动消息的联想又取出他的一册《西班牙之魂灵》来一读，特别是《吉诃德先生》与《西班牙女人》两章，重复感叹，对于西班牙与蔼理思与丸善都不禁各有一种好意也。

人们在恋爱经验上特别觉得初恋不易忘记，别的事情恐怕也是如此，所以最初的印象很是重要。丸善的店面经了几次改变了，我所记得的还是那最初的旧楼房。楼上并不很大，四壁是书架，中间好些长桌上摊着新到的书，任凭客人自由翻阅，有时站在角落里书架背后查上半天书也没人注意，选了一两本书要请算账时还找不到人，须得高声叫伙计来，或者要劳那位不良于行的下田君亲自过来招呼。这种不大监视客人的态度是一种愉快的事，后来改筑以后自然也还是一样，不过我回想起来时总是旧店的背景罢了。记得也有新闻记者问过，这样不会缺少书籍么？答说，也要遗失，不过大抵都是小册，一年总计才四百元左右，多雇人监视反不经济云。当时在神田有一家卖洋书的中西屋，离寓所比丸善要近得多，可是总不愿常去，因为伙计跟得太凶。听说有一回一个知名的文人进去看书，被监视得生起气来，大喝道，你们以为客人都是小偷么！这可见别一种的不经济。但是不久中西屋出倒于丸善，改为神田支店，这种情形大约已改过了罢，民国以来只去东京两三次，那里好像竟不曾去，所以究竟如何也就不得而知了。

因丸善而联想起来的有本乡真砂町的相模屋旧书店，这与我的买书也是很有关系的。一九〇六年的秋天我初次走进这店里，买了一册旧小说，是匈加利育珂原作美国薄格思译的，书名曰《髑髅所说》（Told by the Death's Head），卷首有罗马字题曰，K.Tokutomi, Tokio Japan. June 27th. 1904. 一看就知是《不如归》的著者德富健次郎的书，觉得很是可以宝贵的，到了辛亥归国的时候忽然把它和别的旧书一起卖掉了，不知为什么缘故，或者因为育珂这长篇传奇小说无翻译的可能，又或对于德富氏晚年笃旧的倾向有点不满罢。但是事后追思有时也还觉得可惜。民八春秋两去东京，在大学前的南阳堂架上忽又遇见，似乎它直立在那里有八九年之久了，赶紧又买了回来，至今藏在寒斋，与育珂别的小说《黄蔷薇》等做伴。相模屋主人名小泽民三郎，从前曾在丸善当过伙计，说可以代去拿书，于是就托去拿了一册该莱的《英文学上的古典神话》，色刚姆与尼珂耳合编的《英文学史》绣像本第一分册，此书出至十二册完结，今尚存，唯《古典神话》的背皮脆裂，早已卖去换了一册青灰布装的了。自此以后与相模屋便常有往来，辛亥回到故乡去后一切和洋书与杂志的购买全托他代办，直到民五小泽君死了，次年书店也关了门，关系始断绝，想起来很觉得可惜，此外就没有遇见过这样可以谈话的旧书商人了。本乡还有一家旧书店郁文堂，以卖洋书出名，虽然我与店里的人不曾相识，也时常去看看，曾经买过好些书至今还颇喜欢所以记得的。这里边有一册勃阑兑思的《十九世纪名人论》，上盖一椭圆小印朱文曰胜弥，一方印白文曰孤蝶，知系马场氏旧藏，又一册《斯干地那微亚文学论集》，丹麦波耶生（H.H.Boyesen）用英文所著，卷首有罗马字题曰，November 8th. 08. M. Abe. 则不知是哪一个阿部君之物也。两书中均有安徒生论一篇，我之能够懂得一点安徒生差不多全是由于这两篇文章的启示，别一方面安特路朗（Andrew Lang）的人类学派神话研究也有很大的帮助，不过我以前只知道格林兄弟辑录的童话之价值，若安徒生创作的童话之别有价值则至此方才知道也。论文集中又有一篇勃阑兑思论，著者意见虽似右倾，但在这里却正可以表示出所论者的真相，在我个人是很喜欢勃阑兑思的，觉得也是很好的参考。前年到东京，于酷热匆忙中同了徐君去过一趟，却只买了一小册英诗人《克剌勃传》（Crabbe），便是丸善也只匆匆一看，买到一册瓦格纳著的《伦敦的客店与酒馆》而已。近年来洋书太贵，实在买不起，从前六先令或一元半美金的书已经很好，日金只要三元，现在总非三倍不能买得一册比较像样的书，此新书之所以不容易买也。

本乡神田一带的旧书店还有许多，挨家的看去往往可以花去大半天的工夫，也是消遣之一妙法。庚戌辛亥之交住在麻布区，晚饭后出来游玩，看过几家旧书后忽见行人已渐寥落，坐了直达的电车迂回地到了赤羽桥，大抵已是十一二点之间了。这种事想起来也有意思，不过店里的伙计在账台后蹲山老虎似的双目炯炯地睨视着，把客人一半当作小偷一半当作肥猪看，也是很可怕的，所以平常也只是看看，要遇见真是喜欢的书才决心开口问价，而这种事情也就不甚多也。

廿五年八月廿七日，于北平

（选自《瓜豆集》，宇宙风社，1937年版）

三家书店

朱自清

伦敦卖旧书的铺子，集中在切林克拉斯路（Charing Cross
Road）；那是热闹地方，顶容易找。路不宽，也不长，只这么
弯弯的一段儿；两旁不短的是书，玻璃窗里齐整整排着的，门
口摊儿上乱哄哄摆着的，都有。加上那徘徊在窗前的，围绕着
摊儿的，看书的人，到处显得拥拥挤挤，看过去路便更窄了。
摊儿上看最痛快，随你翻，用不着"劳驾""多谢"；可是让风
吹日晒的到底没什么好书，要看好的还得进铺子去。进去了有
时也可随便看，随便翻，但用得着"劳驾""多谢"的时候也有；
不过爱买不买，决不至于遭白眼。说是旧书，新书可也有的是；
只是来者多数为的旧书罢了。

最大的一家要算福也尔（Foyle），在路西；新旧大楼隔着
一道小街相对着，共占七号门牌，都是四层，旧大楼还带地下
室——可并不是地窖子。店里按着书的性质分二十五部；地下

室里满是旧文学书。这爿店二十八年前本是一家小铺子，只用了一个店员；现在店员差不多到了二百人，藏书到了二百万种，伦敦的《晨报》称为"世界最大的新旧书店"。两边店门口也摆着书摊儿，可是比别家的大。我的一本《袖珍欧洲指南》，就在这儿从那穿了满染着书尘的工作衣的店员手里，用半价买到的。在摊儿上翻书的时候，往往看不见店员的影子；等到选好了书四面找他，他却从不知哪一个角落里钻出来了。但最值得流连的还是那间地下室：那儿有好多排书架子，地上还东一堆西一堆的。乍进去，好像掉在书海里；慢慢地才找出道儿来。屋里不够亮，土又多，离窗户远些的地方，白日也得开灯。可是看得自在；他们是早七点到晚九点，你待个几点钟不在乎，一天去几趟也不在乎。只有一件，不可着急。你得像逛庙会逛小市那样，一半玩儿，一半当真，翻翻看看，看看翻翻；也许好几回碰不见一本合意的书，也许霎时间到手了不止一本。

开铺子少不了生意经，福也尔的却颇高雅。他们在旧大楼的四层上留出一间美术馆，不时地展览一些画。去看不花钱，还送展览目录；目录后面印着几行字，告诉你要买美术书可到馆旁艺术部去。展览的画也并不坏，有卖的，有不卖的。他们又常在馆里举行演讲会，讲的人和主席的人当中，不缺少知名的。听讲也不用花钱；只每季的演讲程序表下，"恭请你注意组织演讲会的福也尔书店"。还有所谓文学午餐会，记得也在馆里。他们请一两个小名人做主角，随便谁，纳了餐费便可加入；英国的午餐很简单，费不会多。假使有闲工夫，去领略领略那名隽的谈吐，倒也值得的，不过去的却并不怎样多。

牛津街是伦敦的东西通衢，繁华无比，街上呢绒店最多；但也有一家大书铺，叫作彭勃思（Bumpus）的便是。这铺子开设于一七九〇年左右，原在别处；一八五〇年在牛津街开了一个分店，十九世纪末便全挪到那边去了，维多利亚时代，店主多马斯彭勃思很通声气，来往的有迭更斯、兰姆、麦考莱、威治威斯等人；铺子就在这时候出了名。店后本连着旧法院，有看守所、守卫室等，十几年来都让店里给买下了。这点古迹增加了人对于书店的趣味。法院的会议圆厅现在专做书籍展览会之用；守卫室陈列插图的书，看守所变成新书的货栈。但当日的光景还可从一些画里看出，如十八世纪罗兰生（Rowlandson）所画守卫室内部，是晚上各守卫提了灯准备去查监的情形，瞧着很忙碌的样子。再有一个图，画的是一七二九的一个守卫，神气够凶的。看守所也有一幅画，砖砌的一重重大拱门，石板铺的地，看守室的厚木板门严严锁着，只留下一个小方窗，还用十字形的铁条界着；真是铜墙铁壁，插翅也飞不出去。

这家铺子是五层大楼，却没有福也尔家地方大。下层卖新书，三楼卖儿童书、外国书，四楼五楼卖廉价书；二楼卖绝版书、难得的本子、精装的新书，还有《圣经》、祈祷书、书影等等，似乎是菁华所在。他们有初印本、精印本、著者自印本、著者签字本等目录，搜罗甚博，福也尔家所不及。新书用小牛皮或摩洛哥皮（山羊皮——羊皮也可仿制）装订，烫上金色或别种颜色的立体派图案；稀疏的几条平直线或弧线，还有"点儿"，错综着配置，透出干净、利落、平静、显豁，看了心目清朗。装订的书，数这儿讲究，别家书店里少见。书影是仿中世纪的抄本的一页，大抵是祷文之类。中世纪抄本用黑色花体字，文首第一字母和页边空处，常用蓝色金色画上各样花饰，典丽矞皇，穷极工巧，而又经久不变；仿本自然说不上这些，只取其也有一点古色古香罢了。

一九三一年里，这铺子举行过两回展览会，一回是剑桥书籍展览，一回是近代插图书籍展览，都在那"会议厅"里。重要的自然是第一回。牛津剑桥是英国最著名的大学；各有印刷所，也都著名。这里从前展览过牛津书籍，现在再展览剑桥的，可谓无遗憾了。这一年是剑桥目下的辟特印刷所（The Pitt Press）奠基百年纪念，展览会便为的庆祝这个。展览会由鼎鼎大名的斯密兹将军（General Smuts）开幕，到者有科学家詹姆士金斯（James Jeans）、亚特爱丁顿（Arthur Eddington），还有别的人。展览分两部，现在出版的书约莫四千册是一类；另一类是历史部分。剑桥的书字型清晰，墨色匀称，行款合式，书扉和书衣上最见功夫；尤其擅长的是算学书，专门的科学书。这两种书需要极精密的技巧，极仔细的校对；剑桥是第一把手。但是这些东西，还有他们印的那些冷僻的外国语书，都卖得少，赚不了钱。除了是大学印刷所，别家大概很少愿意承印。剑桥又承印《圣经》；英国准印《圣经》的只剑桥牛津和王家印刷人。斯密兹说剑桥就靠《圣经》和教科书赚钱。可是《泰晤士报》社论中说现在印《圣经》的责任重大，认真地考究地印，也只能够本罢了。——一五八八年英国最早的《圣经》便是由剑桥承印的。

英国印第一本书，出于伦敦威廉甲克司登（William Caxton）之手，那是一四七七年。到了一五二一，约翰席勃齐（John Siberch）来到剑桥，一年内印了八本书；剑桥印刷事业才创始。八年之后，大学方面因为有一家书纸店与异端的新教派勾结，怕他们利用书籍宣传，便呈请政府，求英王核准在剑桥只许有三家书铺，让他们宣誓不卖未经大学检查员审定的书。那时英王是亨利第八；一五三四年颁给他们勅书，授权他们选三家书纸店兼印刷人，或书铺，"印行大学校长或他的代理人等所审定的各种书籍"。这便是剑桥印书的法律根据。不过直到一五八三年，他们才真正印起书来。那时伦敦各家书纸店有印书的专利权，任意抬高价钱。他们妒忌剑桥印书，更恨的是卖得贱。恰好一六二〇年剑桥翻印了他们一本文法书，他们就在法庭告了一状。剑桥师生老早不乐意他们抬价钱，这一来更愤愤不平；大学副校长第二年乘英王詹姆士第一上新市场去，半路上就递上一件呈子，附了一个比较价目表。这样小题大做，真有些书呆子气。王和诸大臣商议了一下，批道，我们现在事情很多，没工夫讨论大学与诸家书纸店的权益；但准大学印刷人出售那些文法书，以救济他的支绌。这算是碰了个软钉子，可也算是胜利。那呈子，那批，和上文说的那本《圣经》都在这一回展览中。席勃齐印的八本书也有两种在这里。此外还有一六二九年初印的定本《圣经》，书扉雕刻繁细，手艺精工之极。又密尔顿《力息达斯》（Lycidas）的初本也在展览着，那是经他亲手校改过的。

近代插图书籍展览，在圣诞节前不久，大约是让做父母的给孩子们多买点节礼吧。但在一个外国人，却也值得看看。展览的是七十年来的作品，虽没有什么系统，在这里却可以找着各种美，各种趋势。插图与装饰画不一样，得吟味原书的文字，透出自己的机锋。心要灵，手要熟，二者不可缺一。或实写，或想象，因原书情境，画人性习而异。——童话的插图却只得凭空着笔，想象更自由些；在不自由的成人看来，也许别有一种滋味。看过赵译《阿丽思漫游奇境记》里谭尼尔（John Tenniel）的插画的，当会有同感吧。——所展览的，幽默、秀美、粗豪、典重，各擅胜场，琳琅满目；有人称为"视觉的音乐"，颇为近之。最有味的，同一作家，各家插画所表现的却大不相同。譬如莪默伽亚谟（Omar Khayyam）、莎士比亚，几乎在一个人手里一个样子；展览会里书多，比较着看方便，可以扩充眼界。插图有"黑白"的，有彩色的；"黑白"的多，为的省事省钱。就黑白画而论，从前是雕版，后来是照相；照相虽然精细，可是失掉了那种生力，只要拿原稿对看就会觉出。这儿也展览原稿，或是铅笔画，或是水彩画；不但可以"对看"，也可以让那些艺术家更和我们接近些。《观察报》记者记这回展览会，说插图的书，字往往印得特别大，意在和谐；却实在不便看。他主张书与图分开，字还照寻常大小印。他自然指大本子而言。但那种"和谐"其实也可爱；若说不便，这种书原是让你慢慢玩赏的，哪能像读报一样目下数行呢？再说，将配好了的对儿生生拆开，不但大小不称，怕还要多花钱。

诗籍铺（The Poetry Bookshop）真是米米小，在一个大地方的一道小街上。叫名"街"，实是一条小胡同。门前不大见车马不说，就是行人，一天也只寥寥几个。那道街斜对着无人不知的大英博物院；街口钉着小小的一块字号木牌。初次去时，人家教在博物院左近找。问院门口守卫，他不知道有这个铺子，问路上戴着常礼帽的老者，他想没有这么一个铺子；好容易才找着那块小木牌，真是"远在天边，近在眼前"。这铺子从前在另一处，那才冷僻，连装罗克的地图上都没名字，据说那儿是一所老宅子，才真够诗味，挪到现在这样平常的地带，未免太可惜。那时候美国游客常去，一个原因许是美国看不见那样老宅子。

诗人赫洛德孟罗（Harold Monro）在一九一二年创办了这爿诗籍铺。用意在让诗与社会发生点切实的关系。孟罗是二十多年来伦敦文学生涯里一个要紧角色。从一九一一给诗社办《特刊》（Poetry Review）起知名。在第一期里，他说，"诗与人生的关系得再认真讨论，用于别种艺术的标准也该用于诗。"他觉得能作诗的该作诗，有困难时该帮助他，让他能作下去；一般人也该念诗，受用诗。为了前一件，他要自办杂志，为了后一件，他要办读诗会；为了这两件，他办了诗籍铺。这铺子印行过《乔治诗选》（Georgian Poetry），乔治是现在英王的名字，意思就是当代诗选，所收的都是代表作家。第一册出版，一时风靡，买诗念诗的都多了起来；社会确乎大受影响。诗选共五册；出第五册时在一九二二，那时乔治诗人的诗兴却渐渐衰了。一九一九到二五年铺子里又印行《市本》月刊（The Chapbook）登载诗歌、评论、木刻等，颇多新进作家。

读诗会也在铺子里；星期四晚上准六点钟起，在一间小楼上。一年中也有些时候定好了没有。从创始以来，差不多没有间断过。前前后后著名的诗人几乎都在这儿读过诗；他们自己的诗，或他们喜欢的诗。入场券六便士，在英国算贱，合四五毛钱。在伦敦的时候，也去过两回。那时孟罗病了，不大能问事，铺子里颇为黯淡。两回都是他夫人爱立达克莱曼答斯基（Alida Klementaski）读，说是找不着别人。那间小楼也容得下四五十位子，两回去，人都不少；第二回满了座，而且几乎都是女人——还有挨着墙站着听的。屋内只读诗的人小桌上一盏蓝罩子的桌灯亮着，幽幽的。她读济慈和别人的诗，读得很好，口齿既清楚，又有顿挫，内行说，能表出原诗的情味。英国诗有

218

两种读法，将每个重音咬得清清楚楚，顿挫的地方用力，和说话的调子不相像，约翰德林瓦特（John Drinkwater）便主张这一种。他说，读诗若用说话的调子，太随便，诗会跑了。但是参用一点儿，像克莱曼答斯基女士那样，也似乎自然流利，别有味道。这怕要看什么样的诗，什么样的读诗人，不可一概而论。但英国读诗，除不吟而诵，与中国根本不同之处，外有一件：他们按着文气停顿，不按着行，也不一定按着韵脚。这因为他们的诗以轻重为节奏，文句组织又不同，往往一句跨两行三行，却非作--句读不可，韵脚便只得轻轻地滑过去。读诗是一种才能，但也需要训练；他们注重这个，训练的机会多，所以是诗人都能来一手。

铺子在楼下，只一间，可是和读诗那座楼远隔着一条甬道。屋子有点黑，四壁是书架，中间桌上放着些诗歌篇子（Sheets），木刻画。篇子有宽长两种，印着诗歌，加上些零星的彩画，是给大人和孩子玩儿的。犄角儿上一张帐桌子，坐着一个戴近视眼镜的、和蔼可亲的、圆脸的中年妇人。桌前装着火炉，炉旁蹲着一只大白狮子猫，和女人一样胖。有时也遇见克莱曼答斯基女士，匆匆地来匆匆地去。孟罗死在一九三二年三月十五日。第二天晚上到铺子里去，看见两个年轻人在和那女人司帐说话；说到诗，说到人生，都是哀悼孟罗的。话音很悲伤，却如清泉流泻，差不多句句像诗；女司帐说不出什么，唯唯而已。孟罗在日最尽力于诗人文人的结合，他老让各色的才人聚在一块儿。又好客，家里炉旁（英国终年有用火炉的时候）常有许多人聚谈，到深夜才去。这两位青年的伤感不是偶然的。他的铺子可是赚不了钱；死后由他夫人接手，勉强张罗，现在许还开着。

（选自《朱自清全集》第一卷，江苏教育出版社，1988年版）

书林即事

唐　弢

　　考场外面设立临时书铺，这个风气由来已久，另外如灯市庙会，向例也有书摊。王士禛《古夫于亭杂录》记云："昔在京师，士人有数谒予而不获一见者，以告昆山徐尚书健庵（乾学），徐笑谓之曰：此易耳，但值每月三五，于慈仁寺书摊候之，必相见矣。如其言，果然。庙市赁僧廊地鬻故书，小肆皆曰摊也。……"孔尚任作《燕台杂兴》诗，有一首即咏此事：

　　　　弹铗归来抱膝吟，
　　　　侯门今似海门深；
　　　　御车扫径皆多事，
　　　　只向慈仁寺里寻。

　　清初北京书铺，大都在广安门内慈仁寺一带，每逢初一月半，往游的人很多，临时增设小摊，比平日更为热闹。慈仁寺又称报国寺，顾炎武曾在寺里借住，朱彝尊、何焯也常出入于此，如今遗址尚在。后来岁朝集市，改在厂甸举行，书摊也随着迁移，逐渐在海王村设肆。到了乾隆年间，李文藻作《琉璃厂书肆记》，提到的书铺有三十几家，已经俨然是一条文化街了。这时正值"四库"开馆，江浙两地贩书的人，每次运载入京，也都在琉璃厂附近驻足。据翁方纲说：参加《四库全书》编纂工作的大臣，午后自翰林院回寓，往往带着待查待校的书单，过海王村，在书店里来回徜徉。有些掌柜乘间找寻门道，结纳权贵，慢慢的气焰熏天起来。光绪初年，翰林院侍讲张佩纶奏劾宝名斋主人李锺铭，说他招摇撞骗，卖官鬻爵，带五品冠服，出入宫禁，大概并非虚语。比这稍早，还有宝文斋一件公案。相传同治年间，五城都堂某甲路过琉璃厂，车盖擦着宝文斋书铺的挂牌，将牌招碰了下来，店伙一哄而出，拦住不放，非要这位都堂大人亲自下车挂好不可，都堂也只得从命。不过这是极个别的例子。大部分掌柜都如《旧京琐记》所说，宁愿保持一点"书卷气"，学学斯文样子，决不肯当面得罪顾客。

继李文藻之后，缪荃孙又作《琉璃厂书肆后记》，追述自同治丁卯（一八六七年）至辛亥革命一段时间内的情形。从书店本身来说，此起彼落，沧海桑田，变化的确很大；但厂桥东西，仍然是图籍集中之地，婵嫣风光，不减往昔，两记在这点上没有什么区别。二十年后又有人作《琉璃厂书肆三记》，一九六三年五月号的《文物》上，还发表了《四记》，说明自一九一二年至解放初期，大致状况还是如此。

前年十月，中国书店自国子监迁至厂甸，这本是合营后一件大事，我因事没有前去参观。去春过海王村，才知公园旧址，重经修葺，中间坐北主楼，放着善本珍籍，左右两厢廊屋，迤逦而南，狭长如双臂平举，室内纵横列架，满眼都是图书，近肘处各有圆阁，看书的人可以在这儿休憩。腕以下折而相向，两肆并列，铺面临街，一个叫作翰文斋，一个叫作文奎堂。街上除了原有的来薰阁、邃雅斋、松筠阁等之外，又多了这两家创设于光绪年间的老店，而园内面积，几乎抵得上二十家书铺。一时车马盈门，看上去的确热闹得很。

但我觉得真能给琉璃厂带来新气象的，却不是这些刚刚开辟起来的铺面，而是正在铺子里边活动着的人。他们已经由书贾一变而为书业工作者，重要的不是写文章的人大笔一挥，换了称呼，而是他们自己由衷地感觉到了这个改变的意义。书店的经营方针不同了。本来是为少数藏书家服务的，现在却是为学术服务，为研究工作者服务，为大众的文化需要服务；本来是秉承掌柜的旨意，一切为了赚钱，现在却知道了还有比钱更重要的东西。解放前经常为我送书的书店学徒，合营后重又遇到，不知怎的，对我就像一家人一样，仿佛格外亲热起来。

由于研究项目的变动，近几年来，我买的主要是"五四"以来的旧书，尤其是期刊。我有一种想法，要研究某一问题，光看收在单行本里的文章是不够的，还得翻期刊。期刊可以帮助我们了解一个时期内的社会风尚和历史面貌，从而懂得问题提出的前因后果，以及它在当时的反映和影响。这样，我和古书的关系比较疏远了，每到厂甸，常去的两家是曾经刻过《清代燕都梨园史料》的邃雅斋和补刻了续编的松筠阁，这倒不是因为我对鞠部怀有好感，因此连及书店。邃雅斋如今经营的是"五四"以后的旧书，不过好的很少，浏览一转之后，如果时间许可，自不妨在附近几家出售古书、碑帖或者笺纸的铺子里走走，否则的话，那就往东直奔松筠阁。松筠阁专营期刊，曾有"杂志大王"之称的刘殿文老人，年逾七十，现在是中国书店期刊门市部主任。据说他年轻时常跑西晓市，为人配补期刊，随见随录，辑有《中国杂志知见目录》稿本十二册，目前每周一次，在店内讲解这方面的目录学。后起的有王中和、刘广振等，王中和新旧版本，都有素养；刘广振是刘殿文老人的儿子，记忆力强，对期刊知道的较多。过去头本不另售，书店准备逐渐配全的刊物不另售，现在如果确知为研究需要，或者顾客手头已有的期数远远地超过于书店所有，也肯破例成全。有些一时不易访求的期刊，书店还能根据多年来售货的线索，代为借用，譬如我要了解外来文艺思潮对"五四"初期文学社团影响，需要翻检一下绿波社、艺林社、弥洒社、骆驼社、浅草社、白露社、飞鸟社、麝篆社等主办的刊物，就从松筠阁那儿得到了不少的帮助。

至于单行本书，我所需要的大部分得自东安市场。除了厂甸之外，隆福寺、西单商场、东安市场都有中国书店的分号，兼营着线装古书和"五四"以来的旧书。星期假日，谁如果愿意把时光消磨在里边，慢慢翻拣，也常有好书可得。东安市场还经常按照机构和个人的需要，代留一些书籍，先送书至家，由买主挑定后再开发票，这样既有选择余地，又可从容核对，避免与已有的重复，完全是一种为顾客着想的好办法。给我送书的王玉川，大家叫他小王，解放前在春明书店当学徒，为人勤勉诚实，知道顾客要买什么新书，本来不是他分内的事，也愿意牺牲自己的休息时间，千方百计地代为买到。近年以来，我得了心脏病，养成早起习惯，燕都入夏，晨凉如水，趁着朝暾未上，时而策杖街头。有好几次，看到小王骑着自行车，车座上驮满书籍，在清晨的几乎是洗过一样的长安街上，疾驰而去，很快地消失在远处的绿树荫里。我心里不免充满赞叹：这么早，这个年轻的传播文化的使者，又在执行他的任务了。

写着写着，想不到竟从书房写到街头去了，这在文章来说实是一种破格——也就是不成章的意思。关于北京书市，前人已经写过不少诗文，记得最受赞扬和常被引用的，好像是潘际云的一绝：

细雨无尘驾小车，
厂桥东畔晚行徐。

奚童私向舆夫语：

莫典春衣又买书。

典衣买书，原是会有的事，但一定要让奚童与舆夫私语，终不免带点大老爷口气。直白地说，我不喜欢这首诗，这大概也是自己只能写些破格的文章的缘故吧。前后一数，共计八篇，因谓之"八记"云。

（选自《晦庵书话》，生活·读书·新知三联书店，1980年版）

琉璃厂

黄　裳

三年前来北京，住了十天。琉璃厂也去过一次，不过只是匆匆地走了一转，前后一总不过半小时。后来曾在一篇文章中说起，那次来京，没有买到一本旧书，没有听过一次京戏，觉得可惜。不料这句话被朋友记住了。这次他特地到吉祥去买了两张票，又约我吃过中饭一起到琉璃厂去看旧书。使我一下子弥补了三年前的两种缺憾，真是值得感谢。

六月初的骄阳已经很有点可怕了。马路平直而宽阔，不过路边的行道树却稀疏而矮小，提供不了多少绿荫。走过全聚德烤鸭楼大厦，走过鲁迅先生当年演讲过的地方——师大院外高墙，随后发现了一座有如小型汽车加油站似的"一得阁"墨汁店。加紧脚步，好不容易才奔到了琉璃厂。看见在荣宝斋对面正加紧恢复兴建原有书铺的门面与店房。"邃雅斋"和"来薰阁"的原址都已出现了青砖砌成的铺面，除了柱子是水泥构件以外，其他似乎都保存了原貌。橱窗镶上了精细镂花的木框，还没有油漆。这一切看了使人高兴，在大太阳底下也不禁伫立了好半晌。

接着我们就走进了中国书店。朋友和在这里工作的两位老店员相熟，我们被邀坐下来喝茶、看书、谈天。这一切都还能使人依稀想见当年琉璃厂的风貌。不过几十年过去，一切到底已经不再是从前的旧样了。

翻翻零本旧书，居然也买到了几册，没有空手而归。

《百喻经》二卷，一九一四年会稽周氏施银托金陵刻经处刻本。这是有名的书。三十七年前我在南京曾亲自跑到刻经处买过一本，不过已是新印，印刷、纸张都远不及这一本。但这是否就是原跋所称最初印的"功德书一百本"之一，却也难说，但初印则是无疑的。

此书已由江苏人民出版社印行，是为纪念鲁迅诞辰一百周年而重印的，而且有两种版本。但到底都不如这原刻的可爱。也许这就是为许多人所嘲笑的"古董气"，不过我想多少有一点也不要紧。

《悲盦居士文存一卷·诗剩一卷》。赵之谦撰。光绪刻本。作为书画金石家，赵㧑叔的声誉近来是空前地高涨了，印谱、画集都出版了不少。但他的诗文却极少为人所知。这虽然不过是光绪刻本，但并不多见，"诗剩"我还是第一次见到。薄薄的一本诗集，中间却有不少史料。太平天国攻下杭州，赵之谦逃到温州，这样，"辛酉以后诗"中就往往有记兵事和乱离情景的篇章，小注记事尤详。"二劝"诗并前序记平阳"金钱会"与瑞安团练"白布会"斗争情形甚详尽，是珍贵的史料。当然赵之谦是站在清朝官方一边的，他对太平天国的议论自然可想而知。

使我惊异的是，赵之谦对吕晚村也深恶痛绝，没有别的理由，只因吕是雍正帝钦定"罪大恶极"的"逆案"首要。诗注说，"南阳讲习堂，留良居室也。籍没后犁为田。今则荒烟蔓草矣。"这是吕晚村故居的结局。诗注又说，"然理学大儒合之谋反大逆，言行不相顾，不应至斯极也。往居都下，见书摊上有钞本留良论学书数篇，邵阳魏君源加墨其上，言留良人当诛，言不可废。余不谓然，取归摧烧之。"

这种推理方法与行动今天看来都是奇怪的。在赵㧑叔看来，"理学大儒"必然应该也是忠臣，如与这模式不合，就是"言行不相顾"了。当然更不必追究逆案的是非曲直。这是从典型的僵化头脑中产生的思想，是极有价值的一种标本。魏源就和他大不同，虽然不能不承认"其人当诛"，但却肯定了其人的思想，至少他明白两者之间应有区别。但赵之谦不能同意，取来一把扯碎烧掉了。这种行为简直不像是一个艺术家干得出来的。思想僵化之后就有可能化为卤莽灭裂以至疯狂，这里就是一个好证据。

像这样的旧书，是算不得"善本"的，但买到之后还是感到喜欢。这大概就是所谓"书癖"了吧。不用说更早，就是五十年代，像这样的书也多半没有上架的资格，它们大抵睡在地摊上。三十年来，琉璃厂（以至全国）旧书身价的"升格"是惊人的，根本的原因是旧书来源之濒于绝迹。这在我们的闲谈中也是触及了的，书的来源日渐稀少，这与全国机关学校大小图书馆的搜购有关。经营旧书的从业者也大大零落。仅有的一两位老同志都已白发盈颠，接班人则还没有成批成长起来，青年同志对这一"寂寞"的行业也缺乏热情。谈话中彼此都不免感到有点沉重，但也想不出什么"妙策"。

前一天正好访候了周叔弢先生。九十三岁的高龄了，他的精神依旧极好，眼睛能看小字，记忆力也一点都没有衰退。只是耳朵有点背了。只要一提起书来，还是止不住有许多话想说，他说的自然都是"老话"，但有许多是值得思索的。

他听说琉璃厂在重建了，非常高兴。但又担心，这些老字号恢复以后，有没有供应市场充足的货色，有没有精通业务的从业员，读者、买书人能不能从琉璃厂获得过去那种精神、物质上的满足，好像都是问题。

典籍、文物、艺术品、纸墨笔砚……这些都不是单纯的商品，过去读者逛琉璃厂也不只是为了来买书。我想，我们至今还没有足够的、标准的、门类齐全的图书馆、博物馆，但在过去，我们却有很好的替代物。例如，人们到琉璃厂来在某种意义上说是奔向一所庞大的、五彩缤纷的爱国主义大学校、展览馆。不只能看，还能尽情欣赏、摩挲品味，可能时还能买回去。这是一座文化超级市场，门类之广博，品种之丰富，新奇货色的不时出现，对寻求知识的顾客带有强烈的诱惑。这一切，今天的博物馆、书店……一切文化设施都不可能完全代替。人们在这里得到知识，还受到传统精神文明的熏染、教养；封建文化中有精华也有糟粕，但归根结底爱国主义内容的比重是占着重要地位的。

过去人们到琉璃厂的书铺里来，可以自由地坐下来与掌柜的谈天，一坐半日，一本书不买也不要紧。掌柜的是商人也是朋友，有些还是知识渊博的版本目录学家。他们是出色的知识信息传播者与咨询人，能提供有价值的线索、踪迹和学术研究动向，自然终极目的还是做生意，但这并非唯一的内容。至少应该说他们做生意的手段灵活多样，又是富于文化气息的。

在书店里灌了几碗茶，依旧救不了燥渴，这时就不禁想到在左近曾有过一家"信远斋"。小小的屋子，门上挂着门帘，屋里有擦得干干净净的旧八仙桌、方凳，放在角落里的几只盛酸梅汤的瓷缸。那凉沁心脾、有桂花香气、厚重得有如琥珀的酸甜汁水，真是想想也会从舌底沁出津液来。那不过是用"土法"冰镇的，但在我的印象里却觉得无论怎样先进的冷冻设备都不可能达到同样的效果。也许关键不只在"冷",选料、配方、制作也有极大的关系。这样的"汤"吃了两碗以后就再也喝不下了,真是"三碗不过岗"。酸梅汤现在是到处可见了,人们一致公认这是好东西,还制成了卤、粉、汽水……但好像都与信远斋的味道有些两样。

不久前在银幕上曾出现过一批以北京地方为背景的作品,其中有些是相当突出的优秀制作。《茶馆》《骆驼祥子》《城南旧事》《如意》《知音》……广大观众对此表现了浓厚的兴趣。能不能把这看作一种"怀旧"的风呢?从现象上看好像很有点像。但这与好莱坞曾掀起过的怀旧浪潮并不就是一码事。像这样的社会文化现象的出现,那原因往往是非常复杂的。过去的事物中确有值得怀念的东西,历史不能割断,记忆难以遗忘,这是极自然的。不同人对同一事物的看法则大不相同,好恶也两样。往往许多人都喜欢某种东西,但取舍之点并不一致。鲁迅也是爱逛琉璃厂的,但与某些遗老遗少就全然不同。鲁迅北来也到过信远斋,买的是蜜钱,那是因为天冷了,酸梅汤已经落市了的缘故。

从几十年前起,在北京这地方就一直有许多人在不断地"怀旧"。遗老们怀念他们的"故国",军阀徒党怀念他们的"大帅"……随着岁月的推移,这中间很换了不少花样。但这与住在北京的普通老百姓的牵连则不大。比较复杂的是作为文化积累的种种事物。有几百年历史的名城，这种积累是大量的、丰富的。好吃的菜肴、点心，大家都爱吃；故宫、北海……旅游者也一致赞叹。吃着"仿膳"的小窝窝头而缅怀慈禧皇太后的，今天怕已没有；游昆明湖而写出吊隆裕皇太后的《颐和园词》的王国维，也早已跳进湖里死掉了。总之，许多事物，在今天已只因其现实意义而为人民所记住，多时不见了就怀念。至于这些事物产生发展的政治历史背景，一般人是不大注意的，或简直忘却。这是完全不同的一种"怀旧"，与任何时代的遗老遗少都扯不到一起去。

研究近代文化史文学史的专家，还没有把注意力更多地集中到近几十年以北京为中心产生的许多文化现象上，其实我倒觉得这是颇重要的，是了解新文化运动的产生与发展必不可少的环节。

以谭鑫培为代表的谭腔、以程砚秋为代表的程腔，为什么先后在北京这地方风靡了一世，我想这和当时的政治局势、人民心理都有极密切的关系。他们创造的新腔，正好表现了人民抑郁、愤激的复杂心情，新腔的特点是低回与亢奋的交错与统一。旧有的声腔，无论是黄钟大吕或响遏行云都已无法加以宣泄了。谭、程的声腔是不同的，这些差异也正好细致地反映了他们所处不同时代的细微变化。

以黄晦闻（节）为代表的新型宋诗流派，或"同光体"的发展继续，也可以看作一种时代的声音。梁启超喜欢集宋词断句作对联，同时搞这花样的还有一大批人。如其中有名的一联"更能消几番风雨，最可惜一片江山"，就不能看作简单的文字游戏。它道出了住在北方的中国人的普遍心情。姚茫父（华）曾为琉璃厂的南纸店画过一套小小的笺样，每幅选吴文英词句，用简练的线条加以表现，我以为也不失为杰出的作品。画面境界的萧瑟荒寒，不只表现了画家自己同时也是人民的情怀。

三十年代林语堂编的《宇宙风》上，发表过不少记载北京风土、人情的文字，后来汇成了一本《北平一顾》，这应该说是有代表性的典型怀旧之作。过去我一直觉得这是没有积极意义的小品文、小摆设，发抒的是没落的感情与趣味。但后来想，这些文字都作于"九一八"与"七七"之间，那正是北平几乎已被国民党政府放弃了的时候，那么，这些文字就不能简单地划入闲适小品，而应更深入地体会那纸背的声音。

在那段时期，像这样的社会文化现象并不是个别的、孤立的。综合起来就能较为全面地反映人民的内心活动。在许多艺术家或并非艺术家说来，这就是他们反映社会现实的独特方法。

时代发展、社会变革必然要使许多事物化为陈迹，这有时是不可避免的、理所当然的。其中也有一些是还应该存留、或以新的面貌恢复存在的。无论是哪一种情形，我们都应该加以分析、研究，为之做出可信的历史总结。这将为我们带来很大的好处。从而保持必要的清醒，不致陷入糊涂的、低级趣味的怀旧的泥坑，也可避免做出可笑的蠢事。对社会上存在或曾经存在过的一切事物，人们都必须表态，回避不了。而这正是对人们思想是否健康、成熟的一种考验。

一九八三、六、十

（选自《珠还记幸》，生活·读书·新知三联书店，1985年版）

城隍庙的书市

阿　英

　　熟悉上海的人，都知道城隍庙，每天到那里去的人是很多很多，有的带了子女，买了香烛，到菩萨面前求财乞福。有的却因为那里是一个百货杂陈，价钱特别公道的地方，去买便宜货。还有的，可说是闲得无聊，跑去散散心，喝喝茶。至于帝国主义者，当然也要去，特别是初到中国来的；他们要在这里考察中国老百姓的落后风俗习惯，以便在《印象记》一类书里进行嘲笑、侮辱。我也常常的到城隍庙，可是我却另有一种不同于他们的目的，说典雅一点，就是到旧书铺里和旧书摊上去"访书"。

　　我说到城隍庙里去"访书"，这多少会引起一部分人奇怪的，城隍庙那里，有什么书可访呢？这疑问，是极其有理。你从"小世界"间壁街道上走将进去，就是打九曲桥兜个圈子再进庙，然后从庙的正殿一直走出大门，除开一爿卖善书的翼化善书局，你实在一个书角也寻不到。可是，事实没有这样简单，要是你把城隍庙的拐拐角角都找到，玩得幽深一点，你就会相信城隍庙不仅是百货杂陈的商场，也是一个文化的中心区域。有很大的古董铺、书画碑帖店、书局、书摊、说书场、画像店、书画展览会，以至于图书馆，不仅有，而且很多。对于这一方面，我是相当熟悉的，就让我来引你们畅游一番吧。

我们从小世界说起。当你走进间壁的街道，你就得留意，那儿是第一个"横路"，第一个"湾"。遇到"湾"了，不要向前，你首先向左边转去，这就到了一条"鸟市"；"鸟市"，是以卖鸟为主，卖金鱼、卖狗，以至卖乌龟为副业的街。你闲闲的走去，听听美丽的鸟的歌声、鹦哥的学舌、北方口音和上海口音的论价还钱，同时留意两旁，那么，你稳会发现一家东倒西歪的，叫作饱墨斋的旧书铺。走进店，左壁堆的是一直抵到楼板的经史子集；右壁是东西洋的典籍，以至于广告簿；靠后面，是些中国旧杂书；二十年来的杂志书报，和许多重要又不重要的文献，是全放在店堂中的长台子上，这台子一直伸到门口；在门口，有一个大木箱，也放了不少的书，上面插着纸签——"每册五分"。你要搜集一点材料吗？那么，你可以耐下性子，先在这里面翻；经过相当的时间，也许可以翻到你中意的，定价很高的，甚至访求了许多年而得不着的，自然，有时你也会花了若干时间，弄得一手脏，而毫无结果。可是，你不会吃亏。在这"翻"的过程中，可以看到不曾见到、听到过的许多图书杂志，会像过眼云烟似的温习现代史的许多断片。翻书本已是一种乐趣，而况还有一些意想不到的收获呢？中意的书已经拿起了，你别忙付钱，再去找台子上的。那里多的是整套头的书，《创造月刊》合订本啦，第一卷的《东方杂志》全年啦，《俄国戏曲集》啦，只要你机会好，有价值的总可以碰到，或者把你残缺的杂志配全。以后你再向各地方，书架上、角落里、桌肚里，一切你认为有注意必要的所在，去翻检一回，掌柜的决不会有什么误会和不高兴。最后耗费在这里的时间，就是讲价钱了，城隍庙的定价是靠不住的，他"漫天开价"，你一定要"就地还钱"，慢慢地和他们"推敲"。要是你没有中意的，虽然在这里翻了很久，一点不碍的，你尽可扑扑身上的灰，很自然地走开，掌柜有时还会笑嘻嘻地送你到大门口。

在旧书店里，徒徒地在翻书上用工夫，是不够的，因为他们的书不一定放在外面，你要问："老板，你们某一种书有吗？"掌柜的是记得清自己的书的，如果有，他会去寻出来给你看。要是没有，你也可以委托他寻访，留个通信处给他。不过，我说的是指的新书，要是好的版本，甚至于少见的旧木板书，那就要劝你大可不必。因为藏在他们架上的木板书虽也不少，好的却百不得一。收进的时候，并不是没有好书，这些好书，一进门就会被三、四马路和他们有关系的旧书店老板挑选了去，标上极大的价钱卖出，很少有你的份。但偶尔也有例外。说一件往事吧。有一回，我在四马路受古书店看到了六册残本的《古学汇刊》，里面有一部分我很想看看，开价竟是实价十四元，而原定价只有三元，当然我不买。到了饱墨斋，我问店伙，"《古学汇刊》有吗？"他想了半天，跑进去找，竟从灶角落里找了二十多册来，差不多是全部多了。他笑嘻嘻地说："本来是全的，我们以为没有用，扔在地下，烂掉几本，给丢了。"最后讲价，是两毛钱一本。这两毛一本的书，到了三、四马路，马上就会变成两块半以上，真是有些恶气。不过这种机会，是毕竟不多的。

带住闲话吧。从饱墨斋出来，你可以回到那个"湾"的所在，向右边转。这似乎是条"死路"，一面是墙，只有一面有几家小店，巷子也不过两尺来宽。你别看不起，这其间竟有两家是书铺，叫作葆光的一家，还是城隍庙书店的老祖宗，有十几年悠长的历史呢。第一家是菊舲书店，主要的是卖旧西书和旧的新文化书，木板书偶尔也有几部。这书店很小，只有一个兼充店伙的掌柜，书是散乱不整。但是，你得尊重这个掌柜的，在我的经历中，在城隍庙书市内，只有他是最典型、最有学术修养的。这也是说，你在他手里，不容易买到贱价书，他识货。这个人很欢喜发议论，只要引起他的话头，他会滔滔不绝地发表他的意见。譬如有一回，我拿起一部合订本的《新潮》一卷："老板，卖几多钱？"他翻翻书："一只洋。"我说："旧杂志也要卖这大价钱吗？"于是他发议论了："旧杂志，都是绝版的了，应该比新书的价钱卖得更高呢。这些书，老实说，要买的人，我就要三块钱，他也得挺起胸脯来买；不要的，我就要两只角子，他也不会要，一块钱，还能说贵么？你别当我不懂，只有那些墨者黑也的人，才会把有价值的书当报纸卖。"争执了很久，还是一块钱买了。在包书的时候，他又忍不住地开起口来："肯跑旧书店的人，总是有希望的，那些没有希望的，只会跑大光明，哪里想到什么旧书铺。"近来他的论调却转换了，他似乎有些伤感。这个中年人，你去买一回书，他至少会重复向你说两回："唉！隔壁的葆光关了，这真是可惜！有这样长历史的书店，掌柜的又勤勤恳恳，还是支持不下去。这个年头，真是百业凋零，什么生意都不能做！不景气，可惜，可惜！"言下总是不胜感伤之至，一脸的忧郁，声调也很凄楚。当我听到"不景气"的时候，我真有点吃惊，但马上就明白了，因为他的账桌上，翻开了的，是一本社会科学书，他不仅是一个会做生意的掌柜，而且还是一个孜孜不倦的学者呢！于是，我感到这位掌柜，真仿佛是现代《儒林外史》里的异人了。

听了菊舲书店掌柜的话，你多少有些怅惘吧？至少，经过间壁葆光的时候，你会稍稍地停留，对着上了板门而招牌仍在的这惨败者，发出一些静默的同情。由此向前，就到了九曲桥边。这里，有大批的劣货在叫卖，有业"西洋景"的山东老乡，把裸体女人放出一半，摇着手里的板铃，高声地叫"看活的"，来招诱观众。你可以一路看，一路听，走过那有名的九曲桥，折向左，跑过六个铜子一看的怪人的把戏场，一直向前，碰壁转弯——如果你不碰壁就转弯，你会走到庙里去的。转过弯，你就会有"柳暗花明"之感了。先呈现到你眼帘里的，会是几家镜框店，最末一家，是发卖字画古董书籍的梦月斋。你想碰碰古书，不妨走进去一看，不然，是不必停留的。沿路向右转，再通过一家规模宏大的旧书店，一样的没有什么好版本的书店，跑到护龙桥再停下来。护龙桥，提起这个名字，会使你想到苏州的护龙街。在护龙街，我们可以看到一街的旧书店，存古斋啦、艺芸阁啦、欣赏斋啦、来青阁啦、适存斋啦、文学山房啦，以及其他的书店、刻字店。护龙桥，也是一样，无论是桥上桥下、桥左桥右、桥前桥后，也都是些书店、古玩店、刻字店。所不同于护龙街者，就是在护龙街，多的是"店"，而护龙桥多的是"摊"；护龙街多的是"古籍"，护龙桥多的是"新书"；护龙街来往的，大都是些"达官贵人"，在护龙桥搜书的，不免是"平民小子"；护龙街是贵族的，护龙桥却是平民的。

现在，就以护龙桥为中心，从桥上的书摊说下去吧。这座桥的建筑形式，和一般的石桥一样，是弓形的，桥下面流着污浊的水。桥上卖书的大"地摊"，因此，也就成了弓形。一个个盛洋烛火油的箱子，一个靠一个，贴着桥的石栏放着，里面满满地塞着新的书籍和杂志，放不下的就散乱地堆铺在地下。每到吃午饭的时候，这类的摊子就摆出了，三个铜子一本，两毛小洋一扎，贵重成套的有时也会卖到一元、二元。在这里，你一样的要耐着性子，如果你穿着长袍，可以将它兜到腰际，蹲下来，一本一本地翻。这种摊子，有时也颇多新书，同一种可以有十册以上。以前，有一个时期，充满着真美善的出版物，最近去的一次，却看到大批的《地泉》和《最后的一天》了，这些书都是崭新的，你可以用最低的价钱买了下来。比"地摊"高一级的，是"板摊"，用两块门板，上面放书，底下衬两张小矮凳，买书的人只要弯下腰就能拣书。这样的"板摊"，你打护龙桥走过去，可以看到三四处；这些"摊"，一样的以卖新杂志为主，也还有些日文书。一部日本的一元书，两毛钱可以买到；一部《未名》的合订本，也只要两毛钱。《小说月报》，三五分钱可以买到一本；这里面，也有很好的社会科学书，历史的资料。我曾经用十个铜子在这里买了两部绝版的书籍:《五四》和《天津事变》，文学书是更多的。这里不像"地摊"，没有多少价钱好还。和这样的摊对摆的，是测字摊，紧接着测字摊就有五家"小书铺"，所谓"小书铺"，是并没有正式门面，只是用木板就河栏钉隔起来的五六尺见方、高约一丈的"隔间"。这几家，有的有招牌，有的根本没有，里面有书架，有贵重的书，主要的是卖西书。不过这种人家，无论西书抑是中籍，开价总是很高，商务、中华、开明等大书店的出版物，照定价打上四折，是顶道地，你想再公道，是办不到的；杂志都移到"板摊"上卖，这里很难见到。我每次也要跑进去看看，但除非是绝对不可少的书籍，在这里买的时候是很少的。这样书铺的对面，是两三家的碑帖铺，我与碑帖无缘，可说是很少来往。在护龙桥以至于城隍庙的书区里，这一带是最平民的了。他们一点也不像三、四马路的有些旧书铺，注意你的衣冠是否齐楚，而且你只要腰里有一毛钱，就可以带三二本回去，做一回"顾客"；不知道只晓得上海繁华的文人学士，也曾想到在这里有适应于穷小子的知识欲的书市否？无钱买书，而常常在书店里背手对着书籍封面神往，遭店伙轻蔑的冷眼的青年们，需要看书么？若没有图书馆可去，或者需要最近出版的，就请多跑点路，在星期休假的时候，到这里来走走吧。

由此向前，沿着石栏向左兜转过去，门对着另一面石栏的，有一家叫作学海书店的比"板摊"较高级的书铺，里面有木板旧书，有科学、有史学、哲学、社会科学、文学书；门外的石栏上，更放着大批的"鸳鸯蝴蝶派"的书。你也可以花一些时间，在这里面浏览浏览，找找你要买的书。不过，他们的书，是不会像摊上那么贱卖的。一部绝版的《新文学史料》，你得花五毛钱才能买到，一部《海滨故人》或是《天鹅》，也只能给你打个四折。在这些地方，你还有一点要注意，如果有一本书名字对你很生疏，著作人的名字很熟习，你不要放过它。这一类的书，大概是别有道理的。外面标着郭沫若著的《文学评论》（是印成的），里面会是一本另一个人作的《新兴文学概论》。外面是黄炎植的《文学杰作选》，里面会是一部张若英的《现代文学读本》。外面是蒋光慈的什么女性的日记，里面会是一册绝不是蒋光慈著的恋爱小说。外面是一个很腐朽的名字，里面会是一部要你"雪夜闭门"读的书，至于那些脱落了封面的，你一样的要一本一本地翻，也许那里面就有你求之不得的典籍。离开这家书铺，沿店铺向右转进去，在这凹子里，又有一家叫作粹宝斋的店。这书店设立的不久，书也不多，木板旧籍也很少，但辛亥革命前后的历史文献却极多，而且很多罕见的。如果你是研究近代文史的，这粹宝斋你就必得到到，但要想买到新文学的文献，或者社会科学书，是很难以如愿的。看过这家书店，你可以重行过桥了，过桥向右折，是一个长阔的走廊，里面有一个卖杂书的"书摊"，出了"廊"，仍归回到了梦月斋的所在。到这时，护龙桥的书市，算你逛完了，但是，此行你究竟买到几册书呢？

跟着潮水一般的游客，你去逛逛城隍庙吧。各种各样的店铺，形形色色的人群，你不妨顺便的去考察一番。随着他们走进城隍庙的边门，先看看最后一进的城隍娘娘的卧室，两廊用布画像代塑佛的二殿，香烟迷漫佛像高大的正殿，虔诚进香的信男信女，看中国妇女如何敬神的外国绅士，充满了"海味"的和尚，在这里认识认识封建势力，是如何仍旧的在支配着中国的民众，想一想我们还得走过怎样艰苦的道程，才能走向我们的理想。然后，你可以走将出去，转到殿外的右手，翻一翻城隍庙唯一的把杂志书籍当报纸卖的"书摊"。这"书摊"，历史也是很长的了，是一个曲尺的形式的板架，上面堆着很多的中外杂志和书。我再劝你耐下性子，不要走马看花似的，在这里好好地翻一翻，而且在你翻的时候，你可以旁若无人地把看过的堆作一堆，要买的放在一起，马马虎虎地把拣剩的堆子摊匀一下。卖书的是一个很和气的人，无论你怎么翻，怎么拣，他都没有说话，只是在旁边的茶桌上和几个朋友谈天说地，直到你喊"卖书的"，他才笑嘻嘻地走了过来。在还价上，你也是绝对的自由，他要十个铜子，你还他一个，也没有愠意，只是说太少。讲定了价，等到你付钱，发现缺少几个，他也没有什么，还会很客气地向你说，"你带去看好了，钱不够有什么关系，下次给我吧。"他是如此的慷慨。这里的书价是很贱，一本刚出版的三四毛钱的杂志，十个铜子就可以买了来，有时还有些手抄本、东西典籍之类。最使我不能忘的，是我曾经在这里买到一部黄爱庞人铨的遗集。

城隍庙的书市并不这样就完。再通过迎着正殿戏台上的图书馆的下面，从右手的门走出去，你还会看到两个"门板书摊"。这类书摊上所卖的书，和普通门板摊上的一样，石印的小说，《无锡景》《时新小调》《十二月花名》之类。如果你也注意到这一方面的出版物，你很可以在这里买几本新出的小书，看看这一类大众读物的新的倾向，从这些读物内去学习创作大众读物的经验，去决定怎样开拓这一方面的文艺新路。本来，在城隍庙正门外，靠小东门一头，还有一家旧书铺，这里面有更丰富的新旧典籍，"一·二八"以后，生意萧条，支持不下，现在是改迁到老西门，另外经营教科书的生意了。如果时间还早，你有兴致，当然可以再到西门去看看那一带的旧书铺；但是我怕你办不到，经过二十几处的翻检，你的精神一定是很倦乏了……

一九三四年

（选自《夜航集》，上海良友图书印刷公司，1935年版）

西门买书记

——城隍庙的书市续篇

阿　英

只要身边还剩余两元钱，而那一天下午又没有什么事，总会有一个念头向我袭来，何不到城里去看看旧书？于是，在一小时或者半小时之后，我便置身在那好像是自己的"乐园"似地旧书市场之中了。有一两家的店伙，当他们看到我时，照例的要说一句："×先生，好几天不进城了。""新近收到什么书吗？"我也照例地问。不过，在最近，失望的次数，是比较多的，除去一册周氏弟兄在日本私费印的《域外小说集》，没有得到特别使我满意的书。"为什么没有新的来呢？"看过了架上的书，自己感到失望以后，总欢喜这样的追究。他们的回复也总是："唉！现在是不比前几年了，进得多，卖得快。有还是有的，但是我们不敢多收。"这话是很实在。就拿城隍庙的旧书市场来说，在《城隍庙的书市》中，曾经对停业的邻人表示无限惋惜的菊龄书店主人，也就不得不受不景气的影响而停业呢。"没有生意""清淡极了"，现在走到哪里去，时时飞过耳畔的，不外是这一类的话。然而没有法，嗟叹尽管嗟叹，既没有别的方法，只有慢慢地忍受下去。结果，便成了如此的不死不活的状态了。

　　虽然没有以前那样的"好书时时见"，若果常常的去，也还能有所得。店铺虽然愈趋衰落，石桥上的摊子，还好像一折书的大贱卖，却日日在那里"新陈代谢"。这些书摊，拿四马路的新书店来说，是属于"薄利倾销"的一类。在这里，可以用十五个铜子买一本寻了很久的杂志，两毛钱买到一部将近十年的杂志合订本，或者新的禁书。我从这里收到的重要资料，记忆所及，就有《民潮七日记》等等。而几毛钱买到《洪水》二卷的合订本，也是有过的事。和我以前所说的一样，只是看机会如何而定。摊家的生活大概是很苦的，薄利倾销，利已经是不多，而一遇到阴雨连潮的时候，更是不能做生意，只有坐吃。也有一两家兼售古书了，但他们不认识货，开价往往是胡天胡地，就是遇到残本，也视若拱璧，实际上并不是什么难得到的本子。我每次到了那里以后，总会有第二个念头袭来，不景气是到了城隍庙的旧书摊了。从那里走到庙前，烧香拜佛的人，也会使人感到日渐的少，没有往日那样的旺盛。世有城隍庙的张宗子么？我想写《城隍庙梦忆》，现在也是到了时候了。

　　经过长时间的疲劳，有些感到了饿。走到庙前，便又照例地踱那在右手的食物店，便休息，便检查一回所买到的书，吃一毛钱的进酒米圆。时间还早，向哪儿去呢？靠东头的一家旧书店是停业了。于是我再走向西门。只要有二十个子，洋车就可以乘到蓬莱市场。在临近市场，博物馆转角的地方，如果发现那天有旧书摊的时候，我总是下车看一看，不然，就让车子一直拉到目的地。走到市场里面，先看看卖古旧书的传经堂，这是上海旧书店书价最便宜的一家。要是那一天对于古旧书的访求没有什么兴味，就走出右手的边门，弯到场外靠西头的一条横马路上去。这里有的是地摊，一处两处，五处六处，有卖旧书的，也有卖一折书的。这里的书价，比之城隍庙，也许要大一点，但不会使人失望，一样的常常有难得的书。我的一部《中国青年》合订本，几年前被一个朋友烧了，今年我在这里又买到，价钱也只两毛一本。这卖书的人很知趣，当我买了这部书，他就问："先生，我还有一部禁掉的《新青年》，你要么？"我知道他有些门槛。"在哪里？"我问。他说："在家里，你先生要的话，我们可以约定日子，我带到这里来。"像这样的事，我不知道遇过几次。有时他们没有，但只要委托他们代找，他们是会到处为你去寻访的。

沿着到西门的电车轨道走吧。这一带没有地摊，然而多的是新旧书店，招牌我没有抄下来，我不能一一地告诉你。但能以说的，就是这地方也有难买到的书，甚至有偷来卖的刚出版的书。问题是书价不会很低，新的总得六折，旧的也要三四折不等。因为西门是一个学校区，教科书特别的多，几家大书铺里尤其多。我对这条街没有什么好感，过门不入，是常有的事。不道，西门的书市，到这里并没有完，于是再走向辣斐德路，新建筑的道上。这里连续有几个书摊，比过去的那几个区域贫乏。但要买一点维新以后的小说的话，不妨停在这里捞捞。可以买到最初在中国出现的托尔斯泰的小说，《小说林》一类的小说期刊，新的章回小说之类。古旧书也有，只是好的千不得一。再向前进，如果天色还早的话，走不到多少路，会看到在一条横马路上，堆满着人，排列着各色各样的地摊。就从这里向北，就到了上海有名的"黑市"，要买些文房四宝，不妨在这里寻觅。要买书架、书桌，也可以在这里买。虽没有真正端溪砚，他们开价到六七元的好砚，也可以找出几方。还有，就是有几个地摊，也在卖旧书。不过这里有的旧书，大都是儿童读物，鸳鸯蝴蝶派小说。走完了这条路，再回到辣斐德路向前，走不到贝勒路口，这儿是存在着这条马路上最后的一爿旧书店。到这时，灯总会来火了，腋下的书，大概也挟得不少了，"回家"一个念头，又会马上袭来。但在喊车之前，我总得先看看自己的口袋，究竟还剩几个钱。

一九三六年

（选自《海市集》，北新书局，1936年版）

图书在版编目（CIP）数据

读书读书 / 陈平原编. —长沙：湖南人民出版社，2023.7
ISBN 978-7-5561-3186-0

Ⅰ.①读… Ⅱ.①陈… Ⅲ.①散文集－中国 Ⅳ.①I26

中国国家版本馆CIP数据核字（2023）第040753号

读书读书
DUSHU DUSHU

编　　者：陈平原
出版统筹：陈　实
监　　制：傅钦伟
选题策划：北京领读文化
产品经理：领　读-孙旭宏
责任编辑：陈　实　张玉洁
责任校对：谢　喆
装帧设计：广　岛·UNLOOK

出版发行：湖南人民出版社有限责任公司 [http://www.hnppp.com]
地　　址：长沙市营盘东路3号　　邮编：410005　　电话：0731-82683313

印　　刷：湖南凌宇纸品有限公司
版　　次：2023年7月第1版　　　　　　　印　　次：2023年7月第1次印刷
开　　本：880 mm × 1230 mm　1/32　　　印　　张：8.875
字　　数：165千字
书　　号：ISBN 978-7-5561-3186-0
定　　价：45.00元

营销电话：0731-82683348（如发现印装质量问题请与出版社调换）